吃出仪式 活出欢喜

蔡澜 著

中国出版集团 现代出版社

版权登记号：01-2021-7261

图书在版编目（CIP）数据

吃出仪式，活出欢喜 / 蔡澜著. —— 北京：现代出版社, 2021.9
　ISBN 978-7-5143-9473-3

　Ⅰ.①吃… Ⅱ.①蔡… Ⅲ.①散文集—中国—当代
Ⅳ.①I267

中国版本图书馆CIP数据核字(2021)第188523号

吃出仪式，活出欢喜

著　者	蔡　澜
责任编辑	光丽姣
出版发行	现代出版社
地　址	北京市安定门外安华里504号
邮政编码	100011
电　话	(010) 64267325
传　真	(010) 64245264
网　址	www.1980xd.com
电子邮箱	xiandai@vip.sina.com
印　刷	北京盛通印刷股份有限公司
开　本	880 mm×1230 mm　1/32
印　张	7.25
字　数	148千字
版　次	2022年2月第1版　2022年2月第1次印刷
书　号	ISBN 978-7-5143-9473-3
定　价	49.00元

目　录

辑一　吃是一种基因

辑二　烟火人间，吃为大焉

辑三　天南地北，各有其美

辑四　到世界去吃

辑五 人生这杯酒

辑一　吃是一种基因

拾忆

小时住的地方好大，有二万六千平方英尺[1]。

记得很清楚，花园里有个羽毛球场，哥哥姐姐的朋友放学后总在那里练习，每个人都想成为"汤姆士杯"的得主。

屋子原来是个英籍犹太人住的，一楼很矮，二楼较高，但是一反旧屋的建筑传统，窗门特别多，到了晚上，一关就有一百多扇。

由大门进去，两旁种满了红毛丹，每年结实，树干给压得弯弯的，用根长竹竿剪刀切下，到处送给亲戚朋友。

起初搬进去的时候，还有棵榴梿树。听邻居说是"鲁古"的，果实硬化不能吃的意思，父亲便雇人把它砍了，我们摘下未成熟的小榴梿，当手榴弹扔。

房子一间又一间，像进入古堡，我们不断地寻找秘密隧道。打扫起来，是一大烦事。

粗壮的凤凰树干，是练靶的好工具。我买了一把德国军刀，

---

1 平方英尺约等于 0.093 平方米。本书注解均为编者注。

直往树干飞，整成一个大洞，父亲放工回家后，我被臭骂一顿。

最不喜欢做的，是星期天割草。当时的机器，为什么那么笨重？四把弯曲的刀，两旁装着轮子，怎么推也推不动。

父亲由朋友的家里移植了接枝的番荔枝、番石榴。矮小的树上结果，我们不必爬上去便能摘到，肉肥满，核子又少，甜得很。

长大一点，见哥哥姐姐在家里开派对，自己也约了几个女朋友参加，一揽她们的腰，为什么那么细？

由家到市中心，有六英里¹路，要经过两个大坟场，父亲的两个好朋友去世后都葬在那里，每天上下班都要看到他们一眼。伤心，便把房子卖掉了搬到别处。

几年前回去看过故屋，园已荒芜，屋子破旧，已没有小时感觉到的那么大，听说地主要等地价好时建新楼出售。这次又到那里怀旧一番，已有八栋白屋子竖立。

忽然想起《花生漫画》的史努比，当他看到自己出生地野菊园变成高楼大厦时，大声叫喊："岂有此理！你竟敢把房子建筑在我的回忆上！"

真假

我们一群小孩围着父母，蹲在地上吃榴梿。父亲把他游历过的地方告诉我们，并提起看过一个榴梿，有面盆那么大。我们都

---

¹　1英里约等于1.609千米。

给他惹得大笑,说:"哪有这种事?"

长大后四处走,在曼谷果然看到一颗大如面盆的榴梿,才知道家父讲的都是真的,我们见识的实在太少。但是在没有亲眼见到以前,还以为父亲在讲笑话。

"偶尔,谎言变成趣事,并没有不对的地方;有时,真实更是滑稽,总之大家开心就是。我说的是真是假,有一天你们看到了便知道。"父亲常说。

我的许多故事,也是这个原则。

单单说香蕉,就有数十种那么多。香蕉并不止于绿色和黄色,深红浅紫的也有,在南洋一带能见到。

有一次在印度尼西亚的乡下,走了整个上午,没有吃早饭,肚子有点饿,往前一看,有一个土人蹲在地上,他面前摆着一根香蕉,有三英尺[1]长。

他用刀子把上面那层皮割出一半,露出白肉,用汤匙挖起,送入口中。

我从来没有看过那么大的香蕉,马上照样买了一根来吃。

肉很香甜,不过咯的一声,咬到硬物,吐出来一看,是香蕉的种子,足足有胡椒粒一样大小。一面吃一面吐,吐到地上黑掉。

用它来做香蕉糕,三四个人也吃不完。

走过南美洲的香蕉园,看到树上一串的黄熟大蕉,本来没有

---

[1]　1英尺约等于0.305米。

什么奇怪，但仔细观察，就知道不同，因为所有的香蕉都是向上翘的，其他地方的，脚是往下垂。

印度的香蕉，只有大拇指一样大，是我吃过的最甜的一种。剥皮时，不是由上往下撕，而是向外团团转着拉，像拆开雪糕筒的纸张，其皮极薄，似透明。

朋友听了又说："哪有这种事？"

我笑着不答。反正是真是假，有一天你们看到了便知道。

说完拍拍屁股走了。

昨夜梦魂中

为什么记忆中的事，不像做梦时那样清清楚楚？昨晚见到故园，花草树木，一棵棵重现在眼前。

爸爸跟着邵氏兄弟，由内地来到南洋，任中文片发行经理并负责宣传。不像其他同事，他身为文人，不屑利用职权赚外快，靠薪水，两袖清风。

妈妈虽是小学校长，但商业脑筋灵活，投资马来西亚的橡胶园，赚了一笔，我们才能由大世界游乐场后园的公司宿舍搬出去。

新居用叻币¹四万块买的。双亲看中了那个大花园和两层楼的旧宅，又因为父亲好友许统道先生住在后巷四条石，于是购下这座老房子。

---

¹　马来西亚、新加坡及文莱在英殖民时期流通的由英殖民政府发行的货币。

地址是人称六条石的实笼岗路中的一条小道，叫Lowland Road，没有中文名字，父亲称为罗兰路，门牌四十七号。

打开铁门，车子驾至门口有一段路。花园种满果树，入口处的那棵红毛丹尤其茂盛，也有杧果。父亲后来研究园艺，接枝种了矮种的番石榴，由泰国移植，果实巨大少核，印象最深。

屋子的一旁种竹，父亲常以一用旧了的玻璃桌面，压在笋上，看它变种生得又圆又肥。

园中有个羽毛球场，挂着张残破的网。羽毛球是我们几个小孩子至爱的运动，要不是从小喜欢看书，长大了成为运动健将也不出奇。

屋子虽分两层，但下层很矮，父亲说这是犹太人的设计，不知从何考证。阳光直透，下起雨来，就要帮奶妈到处闩窗，她算过，计有六十多扇。

下层当是浮脚楼，摒除瘴气，也只是客厅和饭厅厨房所在。二楼才是我们的卧室，楼梯口摆着一只巨大的纸老虎，是父亲同事——专攻美术设计的友人所赠。他用铁线做一个架，铺了旧报纸，上漆，再画为老虎，像真的一样。家里养了一只松毛犬，冲上去在肚子上咬了一口，发现全是纸屑，才作罢。

厨房很大，母亲和奶妈一直不停地做菜，我要学习，总被赶出来。只见里面有一个石磨，手摇的。把米浸过夜，放入孔中，磨出来的湿米粉就能做皮，包高丽菜、芥蓝和春笋做粉粿，下一点点的猪肉碎，蒸熟了，哥哥可以一连吃三十个。

到了星期天最热闹，统道叔带了一家老小来做客，一清早就把我们四个小孩叫醒，到花园中，在花瓣中采取露水。用一个小碗，双指在花上一弹，露水便落下，嘻嘻哈哈，也不觉辛苦。

大人来了，在客厅中用榄核烧的炭煮露水，沏上等铁观音，一面清谈诗词歌赋。我们几个小的打完球后玩蛇梯游戏，偶尔也拿出黑唱片，此时我已养成了对外国音乐的爱好，收集了不少进行曲，一一播放。

从进行曲到华尔兹，最喜爱了。邻居有一小庙宇，到了一早就要听"丽的呼声"，而开场的就是《溜冰者的华尔兹》（*Skaters'Waltz*），一听就能道出其名。

在这里一跳，进入了思春期。父母亲出外旅行时，就大闹天宫，在家开舞会。我的工作一向是做饮料——一种叫 fruit punch 的果实酒。最容易做了，把橙和苹果切成薄片，加一罐杂果罐头、一支红色的石榴汁糖浆，下大量的水和冰，最后倒一两瓶红酒进去，胡搅一通，即成。

妹妹哥哥各邀同学来参加，星期六晚，玩个通宵，音乐也由我当DJ。已有三十三转的唱片了，各式快节奏的，森巴、伦巴、恰恰。一阵快舞之后转为缓慢的情歌，是拥抱对方的时候了。

鼓起勇气，请那位印度少女跳舞，那黝黑的皮肤被一套白色的舞衣包围着，手伸到她腰，一掌抱住，从来不知女子的腰可以那么细的。

想起儿时邂逅的一位流浪艺人的女儿，名叫云霞，在炎热的下午，抱我在她怀中睡觉。当时的音乐，放的是一首叫《当我们年轻的一天》，故特别喜欢此曲。

醒了，不愿梦断，强迫自己再睡。

这时已有固定女友，比我大三岁，也长得瘦长高挑。摸一摸她的胸部，平平无奇，为什么我的女友多是不发达的？除了那位叫云霞的山东女孩，丰满又坚挺。

等到父母亲在睡觉，我就从后花园的一个小门溜出去，往往玩到黎明才回来，以为神不知鬼不觉，但奶妈已把早餐弄好等我去吃。

已经到了出国的时候了，我在日本，父亲的来信说已把房子卖掉，在加东区购入一间新的，也没写原因。后来听妈妈说，是后巷三条石有一个公墓，父亲的好友一个个葬在那里，路经时悲从中来，每天上班如此，最后还是决定搬家。

"我不愿意搬。"在梦中大喊，"那是我一生最美好的年代！"

醒来，枕头湿了。

团年饭

农历新年来临前，报纸和杂志总是喜欢刊登一些过年菜，也常有记者打电话来问我："你过年吃的是什么？"

很老实地说，印象非常模糊，记不起一定要吃这个吃那个，小时候年糕是妈妈做的，用最原始的蔗糖，一大包买回来，打开一看，像黄色的沙，里面有一粒粒结成块状的，呈褐色，先捡起来吃，就是我们的瑞士糖了。

不放在冰箱，年糕也不会坏，可吃很多天，加的是最上等的碱水，先煎煎，打个鸡蛋进锅，再煎一下，就那么吃了，很黏牙，也不觉得特别好。到后来，和其他年糕一比，才知道母亲是高手。

十几岁开始在海外生活，过年朋友叫去家中吃饭，总是躲避，不想破坏一家人的气氛。

到了住进邵氏片厂宿舍的年代，朱旭华先生当我是亲人，我就到他家帮助老用人阿心姐做金饺子。

过程是这样的，有一个大师傅做菜的铁勺子，在火上慢烤，那边厢，把鸡蛋打匀，慢慢地倒入勺中，还要不断地摇，一张金黄色的饺子皮就完成了。

剁肉，包出饺子来，放入煲着鸡和白菜的锅中煮熟。

记得的过年菜，就那么多。

在日本过的是新历，不像过自己的年。他们的菜肴也丰富，但多数是买回来的，一盒盒便当式，里面也有红鱼和龙虾等贵料，都是冷冰冰，名副其实的好看不好吃。

欧美过的年，更是惨淡，他们只注重圣诞节，吃的多数是剩菜。

农历年最好是旅行，要往没有中国人的地方走，才有不关门的餐厅。曼谷是一个好选择，泰国菜西餐齐全，别去正宗的中菜馆就是。

如果在香港过，那最好是在收墟前到菜市场去，见到什么最新鲜就买什么，回来弄一个火锅，将所有的都放进去，这种过年菜也叫作"围炉"，很好吃，错不了。

食桌

小时，最喜欢听到"食桌"这两个字，是家中办宴席，大请客人的意思。

师傅前来烧菜，叫"做桌"。他们搬了种种材料、几个炭炉和一块大锌板——用来盖屋顶的那种。

先把锌板铺在草地上，另一边烧起炭来，炭一烧红，就摆在锌板上。大师傅拿了一支猎户用的双叉，穿乳猪，就那么烤起来。

记得捧着双腮，看大师傅把乳猪转了又转，绝对不会让猪皮烤得起泡。全身熟透，但表皮光滑如镜。

后来在香港吃到的乳猪，皮上都爆得起了芝粒，绝不光滑，也没有小时尝过的那么好吃。烤完猪后便把鱼翅分了上桌，当年并不是很贵的东西，吃时一人一大碗，满满的尽是翅，不像现在的人吃的，有三两条在汤上游泳那么寒酸。翅是红烧，没猪油红烧不成。蒸鲳鱼为主菜，越大尾越好。大师傅把鱼肉片开，但留一部分在骨头上，让汤汁更加入味。鲳鱼上面铺满咸酸菜、中国芹菜、香菇片和红辣椒，但最主要的，还是大量的肥猪油，切成幼（细）[1]丝，蒸后溶在鱼肉之中，没有了猪油，绝对不好吃。蒸后碟中剩下很多汁，除吃鱼，汁当汤喝，虽略咸，但饮酒之人不会抱怨。

也少不了虾枣蟹枣，那是把虾蟹和猪肉剁碎后，用网油包起来炸，再切成粒状上桌。不用网油包的话，已不能叫为枣。

最后，大师傅还会做一大碗的芋泥，当然又是猪油炒出。

总之，潮州人食桌，全是猪油。

最好吃的不是食桌，而是食桌后的那几天，把剩下的东西和春菜一起翻煮。很奇怪的，猪油被春菜一吸而净，看不见浮在上面的那一层，而这碗春菜才是天下美味。鲍参翅肚，给我站开一边。

酒舅

母亲好酒，一瓶白兰地，三天喝完，算是客气。七十多岁人了，还是无酒不欢。亲戚友人嘴里虽劝说别喝过量，但是见她身体强壮，晨运时健步如飞，半滴不入喉的人，反而怀疑自己是否有毛病。

人上了年纪，生活方式不太有变化。周末，爸爸和妈妈多是到十八溪前的丰大行去找一群老朋友聊天。爸爸有他吟诗作对

---

[1] 为体现作者语言风格，本书中保留了带有地方特色的词语。括号内的文字为对词语的解释。

的同伴，陪着妈妈的是一位我们的远方亲戚，他也好杯中物。慢慢喝，他们两人一天三瓶不是问题。这亲戚比妈年纪小，我们就管他叫"酒舅"。

酒舅身材矮小，门牙之间有条缝，身体结实得像一块石头，再加上头顶光秃到只剩几根稀发，更像一块石头。他的笑话，讲个没完没了，讲完先自己笑得由椅子掉下来。《射雕》里的老顽童找他来演，不用化装。

出生于富家的酒舅，从小就学习武艺，个性好胜，到处找人打架。他又喜欢美食，更逢饮必醉，经常酒后闹得不可收拾，干脆和恶友不回家睡觉，吵至天明。

邻居第二天找上门来，他父亲虽然恨透，但还维护着他，劈头问邻居道："你儿子昨晚把我的儿子引到什么地方去？"

问罪之人，反而哑口无言。

他父亲是个读书人，生了这么一个不肯做功课的儿子，拿他一点办法也没有，差点气出病来，但是酒舅不管三七二十一，照样研究炒什么菜下酒，不瞅不睬。与其他个性善良淳厚的兄弟比较起来，酒舅是一个标准的恶少，村里的人，没有一个对他有好感。

唯一的好处，是酒舅喜欢抱打不平，经常帮助人家解决疑难问题。遇到有什么纷争，他便站出来做和事佬。

他当公亲，多由自己掏腰包出来请客，图个见义勇为的美名。名堂虽佳，却要向两方讨好。

一次甲乙双方争于某事，几乎弄到纠众械斗，酒舅向双方恶少说："你们有胆，先把我杀死再说！"

恶少们知道酒舅曾经学武，能点穴，和人相打时，只用力踩对方的脚盘，那人便倒地不起。

结果，大家都买酒舅的账，一场大斗，便不了了之。

酒舅，从小不靠家产，自己出来闯天下，由一个月薪两块钱的小子，渐渐成为一间树胶机构的经理。在那小镇上，酒舅算是一个大绅士。

晚年，他父亲不跟其他儿女住，而中意和酒舅在一块儿，因为他谈吐幽默，又烧得一手好菜。

而这个儿子，和其他人想象的不同，到底个性忠直，一直对父亲很亲近。渐渐地，他也得到了他父亲的熏陶，学了读历史的好习惯，对文学也越来越有修养。酒舅每天陪着他父亲读书写字，练出一手柔美的书法，这一点，村子的人做梦也没有想到。

去年，酒舅去内地旅行，参加了一个旅游团，团里有广东省杂志社的记者和澳大利亚的撰稿人及摄影师。

起初，大家认为酒舅是个南洋生番，样子又老土，都不大看得起他。

一坐下来吃饭时，酒舅看到什么地方的人就用什么方言相谈。

"你会说几种话？"广东记者听了好奇地问。

"会说一点广东话、客家话、福建话，还有潮州话……"

酒舅轻描淡写地用标准的普通话回答说："不过，这些只是方言。"

澳大利亚人前来搭讪，酒舅的英语更像机关枪。当然，他还没有机会表演他的马来语和印度话。

每到一处古迹，酒舅都如数家珍。

他父亲的教导，并没有白费，他比当地的导游更胜一筹，令得众人惊讶不已，事事物物都要向酒舅探询。

过后，广东画报有两三页的图文报道，称酒舅为罕见的南洋史学家及语言学家。酒舅读后，笑得从椅子上掉下来。

可否食素？

"妈妈，去吃些什么？"小时问。

星期天，不开伙食，一家大小到餐厅吃顿好的，母亲回答："今天是你婆婆的忌辰，吃斋。"

"'斋'字怎么写？"

看到一个像"齐"的字，妈指着纸："这就是'斋'了。"

桌上摆满的，是一片片的叉烧，也有一卷卷炸了出来的所谓素鹅。最好笑的，是用一个模型做出一只假得很不像样的鸡来。

吃进口，满嘴是油，也有些酸酸甜甜，所有味觉都相似，口感亦然。一共有十道菜，吃到第三碟，胃已胀，再也吞不下去了。

"什么做的？"我问。

"多数是豆制品。"爸爸说。

"为什么要假装成肉，干脆吃肉吧！"这句话，说到今天。

西方人信教，说心中产生了欲望，就是有罪了。我们的宗教还不是一样？看着假肉吃肉，等于吃肉呀。从此，对于这些伪善者，打心中看不起。

我有一个批评餐厅的专栏，叫"未能食素"，写了二十多年了。读者看了，问说："什么意思？"

"还没有到达吃素的境界，表示我还有很多的欲望。并不是完全不吃斋的。"我回答。

"喜欢吗？"

"不喜欢。"我斩钉截铁。

到了这个阶段，可以吃到的肉，都试过，从最差的汉堡包到最高级的三田牛肉。肉好吃吗？当然好吃，尤其是那块很肥的东坡肉。

蔬菜不好吃吗？当然也好吃，天冷时的菜心，那种甘甜，是文字形容不出的。为什么不吃斋呢？因为做得不好呀，做得好，我何必吃肉？

至今为止，好吃的斋菜有最初开张的"功德林"。他们用粟米须炸过，下点糖，撒上芝麻，是一道上等的佳肴，到现在还记得清清楚楚。当今，听人说大不如前。

在日本的庙里吃的蔬菜天妇罗，精美无比。有一家叫"一久"的，在京都大德寺前面，已有五百多年历史，二十几代人一直传授下去，菜单写着"二汁七菜"。有一饭，即是白饭。一汁，味噌汤。木皿，醋渍的青瓜和冬菇。另一木皿是豆腐、烤腐皮、红烧麸、小番薯、青椒。平碗，菠菜和牛蒡。猪口（名字罢了，没有猪肉），芝麻豆腐。小吸物，葡萄汁汤。八寸，炸豆腐、核桃甘煮、豆子、腌萝卜茄子、辣椒。汤桶，清汤。

用的是一种叫朱碗的红漆器具，根据由中国传来的佛教餐具制作。漆师名叫中村宗哲，是江户时代的名匠。用了二百年，还是像新的一样，当然保养得极佳。这是招待高僧的最佳服务。

但是吃那么多，是和尚的心态吗？如果是我，一碗白饭，一碗汤，一些腌菜，也就够了吧？

吃斋应该有吃斋的意境，愈简单愈好，像丰子恺先生说，修的是一颗心。他也说过，其实喝白开水，也杀了水中的细菌。而且，佛经上，没有说不能吃肉，都是后来的和尚创造出来的戒条。

日本人叫吃素为精进料理。"精进"这两个字也不是什么禅宗的说法，吃的是日常的蔬菜，山中有什么吃什么，当然用心去做，也是修行的道理，做得精一点不违反教条，所以叫成精进料理。

各种日本菜馆已经开到通街都是，就是没有人去做精进料理。在香港或内地各大城市，如果开一家，大有钱可赚，台湾人的斋菜馆就是走这一条路线，生意滔滔。

　　吃素我不反对，我反对的是单调，何必尽是什么豆腐之类呢？东京有一家叫"笹之雪"的，店名好有诗意，专门卖豆腐，叫一客贵的，竟有十几二十道豆腐菜，我吃到第四五道，就发噩梦，豆腐从耳朵流出来。

　　何必豆腐、腐皮、蒟蒻呢？一般的豆芽、芥蓝、包心菜、西红柿、薯仔等，多不胜数，花一点心机，找一些特别的，像海葡萄——一种海里的昆布，口感像鱼子酱，好吃得不得了。哎呀！这么一想，又是吃肉了。

　　各种菇类也吃不完。一次到了云南，来个全菌宴，最后把所有的菇都倒进锅里打边炉，虽然整锅汤甜得不能再甜，但也会吃厌。

　　我喜欢的蔬菜有春天的菜花，那种带甜又苦的味道百吃不厌，又很容易烫熟，弄个即食面，等汤滚了放一把菜花进去，焖一焖即熟，要是烫久了就味道尽失。就是香港的菜市场没有卖，我每到日本都买一大堆回来。

　　还有苦瓜呢，苦瓜炒苦瓜这道菜是把烫过的和不烫的苦瓜片，用滚油来炒，下点豆豉，已经是一道佳肴，如果蛋算是素的话，加上去炒更妙。

　　人老了，什么都尝过时，还是那碗白饭最好吃。我已经渐渐地往这条路去走，但要求的米是五常米或者日本的艳姬米，炊出来的白饭才好吃。这一来，欲望又深了，还说什么吃斋呢？还是未能食素！

雪糕吾爱

一般来说,甜的东西吸引不到我。就算是巧克力,也浅尝而已,但一说到雪糕,就不可抗拒了。

小时常见,一小贩推着脚踏车,车后架上装着一圆桶,停下车子,用支铁舀往里面挖,探头一看,圆桶壁上有一圈似霜雪的东西,就是最原始的雪糕了。

其实当时的,甚为粗糙,像冰多过像糕,但没有吃过其他的,也感到十分好吃。生活质量提高,开始有真正的一块块的雪糕砖,小贩切一片下来,用西方松饼夹着,就那么吃。有时,还会以薄面包代替松饼,这是亚洲人独特的吃法,他地罕见。

大公司把小贩打倒,冰室里卖起"木兰花"(Magnolia)牌子的雪糕。总公司好像在菲律宾,至今该地还是以此牌子的商品见称。当今的质素当然比从前高得多,但是不能和美国大机构的比。

后来,大家都去吃 Dreyer's,认为世上最好,但坏就坏在这个名字,太像美国人的。认为还是欧洲的好,欧洲人比美国人懂得吃嘛,便出现了 Häagen-Dazs。

其实这个名字原先是取来针对 Dreyer's,产品也是美国人做的,但名字应该有多怪是多怪,欧洲姓氏中根本没有这些字,尤其是那两个a,第一个上面还有两点。

这一来，众人以为 Häagen-Dazs 最为高级，如果肯研究一下，Häagen-Dazs 也是出自 Dreyer's 厂，而两个牌子，皆给更大的瑞士跨国机构"雀巢"买去股份，当今只是挂一个名字而已。

"雀巢"自己也出雪糕，像旺角卖水果的，几个摊子，属于同一老板，就连在欧洲流行的 Movenpick，也是被"雀巢"拥有。

还是说回雪糕的味道吧。如果有选择，我还是爱吃软雪糕。到日本旅行，车子在休息站一停下，我一定出去买来吃。那种细腻如丝，又充满牛奶香味的软雪糕，是天仙的甜品，没有一种雪糕可以和它相比。

口味当然也有变化，看季节，水蜜桃当造时有水蜜桃软雪糕，葡萄、蜜瓜和其他的，以此类推，但都不如云呢拿（香草）好吃。所有牛奶雪糕都加了云呢拿，有些高质量的，还用真正的云呢拿豆荚，刮出种子，取其原味。一般的都是人工味的云呢拿，其实，当今的水果味，皆如此，还是吃绿茶软雪糕可靠。

也不可被日本人骗去。做软雪糕须用一个机器，愈大愈精细。看见小型的雪糕器，就别去碰了，它是用一个硬雪糕，放入机器中压出来，口感大劣。

如果没有软雪糕吃，那么只有接受硬雪糕了。说到硬，是真的硬，冻久了硬到像石头一样。每次乘飞机，飞机餐不要，只向空姐要一杯雪糕，拿来的皆为石头。

我的解决方法是要一杯热红茶，两个茶包，浸浓后，用来浇在雪糕上面，一融，吃一点，再融，再吃。

有一次到了温泉旅馆，泡后整身滚热，买来的雪糕还是那么硬，见房间里有一个蒸炉，就拿去蒸，活到老，吃到老，蒸雪糕还是第一次。

Häagen-Dazs到处设厂，有时也把版权租给当地商家，商家可以自行出不同口味的雪糕，但要得到原厂批准。日本出了一种红豆的，非常可口，还有一种叫Rich Milks，牛奶味的确奇浓无比，是该牌子最佳产品，各位去了日本不可错过。

另一种好吃的叫Pino，各样口味的雪糕馅，包上一层巧克力，成粒状。小的每盒六粒，大的三十二粒，包你吃完还觉得不够。

除了这些大牌子，私家制的雪糕千变万化，日本人做的有薰衣草雪糕，吃了觉得味道像肥皂。也有墨鱼汁雪糕、酱油味雪糕、茄子的、西红柿的、鸡翅的、汉堡的……"天保山雪糕博览会"内，有一百种以上的口味。

还是限量产的雪糕好吃，每地不同，层次各异，吃完了美国雪糕就会追求意大利雪糕。和意大利人一说到ice cream，他们说："什么叫ice cream？我们只知道有gelato。"其实，讲来讲去，也不过是雪糕。

意大利雪糕很黏，土耳其雪糕更黏，是用一根大铁棍去"炒"的。但集各国雪糕大成的是南美诸国，像波特黎加等，雪糕简直是他们人民的命根，不可一日无此君。

尝试过自制雪糕，当今的私家制造器还是十分原始，要冻在冰格中半天才能用，制造过程也十分复杂，洗濯起来更加麻烦，还是去超市买一加仑大盒的回来吃方便。

从前的雪糕盒斤两足够，大老板"雀巢"认为成本可省则省，当今的雪糕盒看起来和以前的一样，但是已缩小了许多，只是让消费者不觉察而已。

"雀巢"产品也有好吃的，其中的Crunchy也是包巧克力的，我可以一吃一大盒，数十粒。在日本吃软雪糕，一天数个。一次在北海道，还来一个珍宝型的，七种味道齐全，全部吞进肚中。

"你要吃到多少为止？"常有朋友看到了我狂吞雪糕问我。

我总是笑着回答："吃到拉肚子为止。"

吃的讲义

有个聚会要我去演讲，指定要一篇讲义，主题说吃。我一向没有稿就上台，正感麻烦。后来想想，也好，作一篇，今后再有人邀请就把稿交上，由旁人去念。

女士们、先生们：

吃，是一种很个人化的行为。

什么东西最好吃？

妈妈的菜最好吃。这是肯定的。

你从小吃过什么，这个印象就深深地烙在你脑海里，永远是最好的，也永远是找不回来的。

老家前面有棵树，好大，长大了再回去看，不是那么高嘛。

道理是一样的。

当然,与目前的食物已是人工培养也有关系。

无论怎么难吃,东方人去外国旅行,西餐一个礼拜吃下来,也想去一间蹩脚的中菜厅吃碗白米饭。洋人来到我们这里,每天鲍参翅肚,最后还是发现他们躲在快餐店啃面包。

有时,我们吃的不是食物,是一种习惯,也是一种乡愁。

一个人懂不懂得吃,也是天生的。遗传基因决定了他们对吃没有什么兴趣的话,那么一切只是养活他们的饲料。我见过一对夫妇,每天以方便面维生。

喜欢吃东西的人,基本上都有一种好奇心。什么都想试试看,慢慢地就变成一个懂得欣赏食物的人。

对食物的喜恶大家都不一样,但是不想吃的东西你试过了没有?好吃,不好吃,试过了之后才有资格判断。没吃过你怎知道不好吃?

吃,也是一种学问。

这句话太辣,说了,很抽象。

爱看书的人,除了《三国演义》《水浒传》和《红楼梦》,也会接触希腊的神话、拜伦的诗、莎士比亚的戏剧。

我们喜欢吃东西的人,当然也须尝遍亚洲、欧洲和非洲的佳肴。

吃的文化,是交朋友最好的工具。

你和宁波人谈起蟹糊、黄泥螺、臭冬瓜,他们大为兴奋。你和海外的香港人讲到云吞面，他们一定知道哪一档最好吃。你和台湾人的话题，也离不开蚵仔面线、卤肉饭和贡丸。一提起火腿，西班牙人双手握指，放在嘴边深吻一下，大声叫出：mmmmm。

顺德人最爱谈吃了。你和他们一聊，不管天南地北，都扯到食物上面，说什么他们妈妈做的鱼皮饺天下最好。中央派了一个干部到顺德去，顺德人和他讲吃，他一提政治，顺德人又说鱼皮饺，最后干部也变成了老饕。

全世界的东西都给你尝遍了，哪一种最好吃？

笑话。怎么尝得遍？看地图，那么多的小镇，再做三辈子的人也没办法走完。有些菜名，听都没听过。

对于这种问题，我多数回答："和女朋友吃的东西最好吃。"

的确，伴侣很重要。心情也影响一切。身体状况更能决定眼前的美食吞不吞得下去。和女朋友吃的最好，绝对不是敷衍。

谈到吃，离不开喝。喝，同样是很个人化的。北方人所好的白酒、二锅头、五粮液之类，那股味道，喝了藏在身体中久久不散。他们说什么白兰地、威士忌都比不上，我就最怕了。

洋人爱的餐酒我只懂得一点皮毛，反正好与坏凭自己的感觉，绝对别去扮专家。一扮，迟早露出马脚。

应该是绍兴酒最好喝，刚刚从绍兴回来，在街边喝到一瓶八块钱人民币的"太雕"，远好过什么八年十年三十年。但是最好最好的还是香港"天香楼"的。好在哪里？好在他们懂得把老的酒和新的酒调配，这种技术内地还学不到，尽管老的绍兴酒他们多的是。

我帮过法国最著名的红酒厂厂主去试"天香楼"的绍兴酒，他们喝完惊叹东方也有那么醇的酒，这都是他们从前没喝过之故。

老店能生存下去，一定有它们的道理，西方的一些食材铺子，如果经过了非进去买些东西不可。

像米兰的 IL Salumaio 的香肠和橄榄油，巴黎的 Fanchon 的面包和鹅肝酱，伦敦的 Forthum & Mason 的果酱和红茶，布鲁塞尔的 Godiva 的巧克力，等等。

鱼子酱还是伊朗的比俄罗斯的好，因为抓到一条鲟鱼，要在二十分钟之内打开肚子取出鱼子。上盐，太多了过咸，少了会坏，这种技术，也只剩下伊朗的几位老匠人会。

不一定是最贵的食物最好吃，豆芽炒豆卜，也是很高的境界。意大利人也许说是一块薄饼最好吃。我在那不勒斯也试过，上面什么材料也没有，只是一点西红柿酱和芝士，真是好吃得要命。

有些东西，还是从最难吃的变为最好吃的，像日本的所谓中华料理的韭菜炒猪肝，当年认为是咽不下去的东西，当今回到东京，常去找来吃。

我喜欢吃，但嘴绝不刁。如果多走几步可以找到更好的，我当然肯花这些工夫。附近有家藐视客人胃口的快餐店，那么我宁愿这一顿不吃，也饿不死我。

"你真会吃东西！"友人说。

不。我不懂得吃，我只会比较。有些餐厅老板逼我赞美他们的食物，我只能说："我吃过更好的。"

但是，我所谓的"更好"，真正的老饕看在眼里，笑我旁若无人也。

谢谢大家。

什么东西都吃的人

在东京逛书店，看到一本叫《美食街》的书，就即刻买下。

回家一翻，原来是纽约的食评家 Jeffrey Steingarten 写的《什么东西都吃的人》（*The Man Who Eat Everything*）的日文译本，原著早已看过。

作者的怪癖甚多，他不吃韩国泡菜、咸鱼、猪油、印度甜品、味精汤、海胆等。这等于是一个艺术评论家不喜欢黄颜色，或者对红和绿有色盲倾向。那么多东西不吃，怎么写食评？

克服食物恐惧症有多种方法。

一、脑手术：刺激老鼠的扁桃体可以改变它们偏食的习惯，在人脑中做手脚，也应该有同样的效果，但是我们的作者放弃这个念头。

二、饥饿：亚里士多德说食物在饥饿时更好吃，但作者只在一九七八年饿过一次肚子，就再也不干了。

三、巧克力：如果肯试讨厌的东西，就得到一粒巧克力当报酬。但这种方法，连小孩子也骗不了。

四、服药：引起食欲的药物多数有副作用，失眠、沮丧等，作者说算了吧。

五、尝试：逼自己去试，试多了就会接受，作者认为这是他唯一能接受的办法。

结果他去了韩国餐厅十次，买了八罐咸鱼，六个月拼命努力之下，他爱上了韩国泡菜，也接受了咸鱼。

而你呢？你有什么东西不吃的？想不想去克服？

至于我自己，是个好奇心很重的人，大概只有用天上的东西只是飞机不吃，四只脚的只是桌子不吃，硬的不吃石头，软的不吃棉花来形容吧！

我认为所有能吃进口的，都要试一试。试过之后，才有资格说好不好吃。我不必用 Steingarten 强迫自己的方法。我老婆常开玩笑说："要毒死你很容易，只要告诉你这种东西你没吃过，试试看。"

父母的影响是很重要的。小时候看我妈妈用来下酒的是广东人叫为龙虱的昆虫，等我长大后已经罕见。为了怀旧，一直在找。好在近来复古当时兴，龙虱也面市了。吃油焗龙虱并不恐怖，当然只是将硬壳剥去，手指按着头一拉，拉去肠，剩下的身体细嚼之下，有点猪油渣的味道，和吃炸蟋蟀、炸蝎子一样。

说到猪油渣，贫穷的影响也有关系。当年有一碗雪白的饭吃已感到幸福，能淋上猪油更是绝品。猪油渣加些糖吃，比任何你们吃的快餐都好吃。

有些很怕吃的东西，是因为我没有试过好的。像鹅肝酱，做学生的时候在西餐厅吃过一块，觉得有死尸味，从此敬而远之，一直到三十年之后住法国，吃到真正的鹅肝酱才爱上它。你看我损失了多少机会！

对爱狗的人，吃狗肉是罪恶。第一次试狗肉，是我从日本留学回来，一群旧同学为我养了一只黑色的菜狗，用腐乳煮了请我吃。他们为了这一顿花了三个月时间，不试怎么说得过去？吃了果然不错，很香，但我并不会特地再去找来吃。当时克服心理障碍的方法是：这只菜狗不守门，也不会衔报纸，它只是一味吃吃吃，像猪多过狗，我吃的，是猪。

连狗肺我也试过。数十年前在广州的街头看到有人摆地摊，一只狗的所有部分都煮了风干，切片后陈列着。我看到有一堆肉类前面的牌子写着"狗肺"两个字，就买了一片吃进口。给女人骂得多了，不知道它的味道怎行？我告诉你，狗肺并不好吃，你可以不试。

能吃的东西，像一个宇宙那么多。引导不喜欢吃芝士的人去吃芝士的方法，是先请他们试试澳大利亚出产的水果或果仁芝士，甜甜的，像蛋糕多过芝士，吃了并不觉恶心。跟着便由牛芝士吃到羊芝士，研究起来品种无穷，又是打开了一个新世界。

不吃榴梿吗？请小贩帮我们剥了壳，拿回家放在冰格中。榴梿肉不会冻硬，吃起来像雪糕，气味也没那么重，慢慢地，你就会上瘾，又是一个世界等着你去发掘。

只有食物能够打破人与人之间的隔膜，和其他国家的人谈起吃的东西，总有共同点。常听到的开心事是，顺德人最爱谈吃，遇到什么人都说自己妈妈包的鱼皮饺最好。

什么东西都吃的我，不爱吃山珍野味。并非为了环保，我只是觉得这些东西得来不易，而得来不易的东西，烧来烧去只有那几种单调的烹调法，就远不如牛羊那么变化多端。常去的一家餐厅，单单是猪，就能轻易地变出三十六道菜来。

我常说，与其保护濒临绝种的动物，不如保护濒临绝种的食物。许多儿时吃过的味道，当今已消失。能够尝到传统的食物，已经觉得非常幸福，哪里有时间讨论什么不吃的！

感谢

对食物的喜恶，是很主观的。绝对不能统一哪样是最好吃，哪样是最难吃。这要看你是什么地方的人，吃怎样的东西。法国人将自己国家的菜形容得要多好有多好，我们说中国菜是世界公认的绝品。大家互相不认同。还有美国佬呢，他们一谈起薯仔片和汉堡包也自豪得很呀。

我认为吃惯的东西就是好吃的东西，尤其是妈妈烧的菜。第一个印象，就深深烙印在你脑海中，从此毕生难忘。如果你妈妈生长在美国，烧汉堡包给你吃，你也会认为它是天下最好吃的，即使你是中国人。吃惯了白米饭之后，到外国旅行，尝遍当地美食，但总是想往唐人街跑，来一碗叉烧饭，不管他们煮得是多么难吃。

从前拍戏，来了很多外国工作人员，很享受唐餐，但不出几天，他们又去快餐店啃面包了，道理是一样的。就算是在中国，上海人还是吃烤麸和葱爆鲫鱼，北京人吃水饺和涮羊肉，山东人吃炸酱面和大饼蘸面酱包大葱，南方人吃点心和云吞面，都说自己的东西最好。别忘记四川人，吃毛肚开膛的大麻辣，其他淡出个鸟来。拾来的味觉也令人上瘾，去了泰国一趟，尝过冬阴功，从此爱上，继续寻找这个新欢。韩国菜、越南菜也一样。还有日本的鱼生（生鱼片）、鳗鱼饭和司基亚基（寿司）呢。成为一个老饕，一定要有尝试各种不同口味的勇气和好奇心。吃过了，才有资格说什么好吃，什么不好吃，但是这一切都取决于遗传基因，有些人对吃一点兴趣都没有，饱腹就是，也是天生的。愈来愈珍惜父母给了我这份福气，也觉得不是生长在兵荒马乱的国土，非常侥幸。所以每次吃到一顿好的，虽非教徒，也感谢上帝一番。

辑二　烟火人间，吃为大焉

大胃王

为了做宣传，在美食坊举行竞食比赛。参加者有六名，五名是香港的，第六名来自日本东京，是日本的大胃王，叫小林尊。

这个人二十七岁，不是个胖子，样子还不丑，头发染成金色，眉毛剃得尖尖的，像一个偶像歌手，还带着经理人兼保姆上阵。

比赛之前，我们坐下来聊了聊："能吃那么多，天生的？"

他对我还算是恭恭敬敬的样子："不，我们家里的人都不是大吃的。"

"那么是训练出来的？"

"绝对要训练，最初吃一碗饭，接着两碗、三碗、四碗那么吃出来的。"他说。

"你在纽约的热狗比赛，一连五年都是冠军，到底能吞多少只？"

"五十多只，汉堡包我能吃六十多。"

"汉堡不是比热狗还难吗？"

"不是快餐厅那种那么大的，"他回答得老实，"比热狗容易。"

"这次比赛吃叉烧包，你有把握在十二分钟内吃多少个？"我问。

"没吃过，不知道。"

"为什么'大吃会'的比赛时间都定在十二分钟的呢？有没有原因？"

"也不明白最初是谁规定的，"他说，"后来的都跟着定十二分钟，没什么医学根据。"

"你现在还有其他工作吗？"

"没有。全靠拿奖金过活了。"

"世界上有那么多的比赛，你到底怎么知道会在哪里举行？"

"互联网上有很多网站，我的经理人公司替我找出来，我一个个去，今年的期已经排得满满了。"他说。

时间到了，工作人员来叫我们上场。

台上站着几位大汉，身材都比小林尊高大，个个都对自己的胃口很有信心。

轮到小林尊出场，他走出来，很有台风，已有许多少女尖叫，当他是明星。日本来的（不能称影迷或戏迷，最多是胃迷吧），纷纷举起相机拍照，小林尊向众人举出Ｖ字形手打招呼，更惹得那群疯狂少女高潮来到。台上，工作人员摆了一笼笼的叉烧包，一笼十个，叠得很高。

后台播出强烈的迪斯科音乐，我举起大槌往铜锣一敲，比赛开始。

小林尊用最快的速度，在一分钟内，在别人只吃了三个时，解决了一笼。

狂扫第二笼，小林尊一面吃一面摆动身体跟着音乐节奏跳舞，简直是一名经验老到的表演者。想起倪匡兄吃得太饱时也跳几下，说能快点消化，笑了出来。

第三笼很快地吃光，我发现他是将叉烧包捏扁，令它们更容易吞下。开始喝水了，到了第四笼的时候，我在他后面问道："喝了水，包不发胀吗？"

他没有因为我打断注意力而分神："不，反而容易让面包粉皮软化。"

第五笼又吃完，别的参赛者放慢，已有气喘的迹象，小林尊干掉了六笼。

看时间，已过了六分钟，赛事过半，第七笼开始，气氛愈来愈热烈，因为他充满信心，不会令人联想吃得太多而肚子爆裂的恐怖印象。

时间一秒一秒过，我发现他的平均速度是七秒钟吃下一个，原来这个人已经胸有成竹地把要吃多少个算好，八笼已吃完。

别的人已经不太会动了，他已是赢定，但是没有停下来，像要打破自己的纪录。第九笼了，剩下两分钟，我拼命替他打气，现已经到了第九十八个，九十九，一百，完成。

在十二分钟内吃了一百个叉烧包！

闪光灯照个不停，小林尊优胜，看其他参赛者，最多吃到四十多个而已。

我把大银杯和奖金交到他手上，各家电视台和报纸杂志的记者争先恐后发问，小林尊淡定地一一作答。

"肚皮有没有胀呀？"记者问。

小林尊大方地拉开恤衫，露出大肚皮，众人惊叫时，他又收缩，展示六块腹肌，像健美先生一样。

他苦口婆心向小朋友呼吁："这是训练出来的，千万不可以学习。"

"你认为香港选手的表现怎么样？"

小林尊很圆滑地："我看他们都有潜力，只是没有像我那样训练而已。"

"你比赛前有没有吃东西呢？"

"没有。"他回答得坚决，"饿了三天，做好准备。"

"那你平时一天吃多少餐？"

"六餐。每餐吃得不多。"小林尊说。

"吃了一百个叉烧包，今晚还会吃吗？"

"香港是美食天堂，我本来已经吃不下了，但是还是忍不住要试试你们的海鲜。"

给小林尊那一顶大帽一戴，香港的记者都很满意地收工了。

记者招待会完毕后，小林尊再找我闲聊。

"辣的行不行？"我问，"下次请你来比赛担担面。"

"第一碗会辣坏，但是到了第二碗就感觉不到了。请你一定要请我。"

"记得到时要多吃木瓜，木瓜能解辣，不然后患无穷。"我劝告。

"一定听你的话。"大胃王小林尊说，"我们有共同的地方，我吃多，你吃巧，都是靠吃为生，做这一行真快乐。"

菜市

抵达澳大利亚，办完公事，第二天一早便跑去菜市场散步。

同事问："你怎么对菜市场有那么大的兴趣？"无他，我在市场内走一圈，即刻了解当地的民生，由蔬菜和肉类的价钱，我知道他们的生活水平，所以和人家谈生意，不会吃亏太多。要是对方狮子大开口，你把番茄一公斤多少钱讲出来，他们多数会吓一跳，以为你事前已经下足功夫，不敢再骗你。

第二，菜市场卖的早餐一定比其他地方好吃，这些嘴已吃刁的菜农肉贩，绝对不会接受不新鲜的食物。

游菜市场常会遇到些漂亮的少妇，也是谈天的对象，要是你有时间的话，可以慢慢与她们泡。我多是来去匆匆，比起和她们作无益之谈，我还是喜欢找些寂寞的老人聊天。

老人们会把一切如数家珍地告诉你。墨尔本的维多利亚已有一百年历史，以前是华人坟地。那么大的地方，埋葬了不少人，由此可见中国人为开拓澳大利亚所付出的血汗。

卖菜的有不少是华人。有一个来自中国台湾，谈起来，才知道他本来在本地也是种菜的，卖了地发了财，移民到澳大利亚，生活单调无聊，不如又种又卖。

"要不然，日子怎么打发呀？"他说。

翻身

婚礼上的菜，没有吃头。却见熄了灯，一排排的侍者捧着装电池、点亮了眼睛的乳猪出来。大量制作，好不到哪里去。

侄儿蔡宁也从美国赶来，我叫他别吃太多，留肚去消夜。

好歹等到婚礼完毕，拉着他到旧羽球场隔壁的"肥仔荣"吃炒面。

"你爸爸和这家店的老板肥仔荣感情最好。"我向蔡宁说。

哥哥蔡丹去世，一眨眼也已经是六年了，带他儿子来吃面，一方面东西好，一方面让他怀旧一番。

这家店炒得最好的是伊面，味道是独特的，配料并不多，只有些鱿鱼片、鸡肝和两三尾小虾，但汤汁熬进面条里去，功夫一流。

等面上桌之时，侍者奉上一点猪油渣，炸得香脆无比，用来送啤酒，仙人食物也。

还有一个特点，外卖时是以棕榈的软叶来包，坚持不肯用塑料盒子，数十年不变。我们有时在家打台湾麻将，也叫年轻的一辈打包回来消夜，面条给叶子的香味闷了一闷，更是出色，总有吃不够的感觉。

但是，欣赏这种古早味的人愈来愈少，许多年轻人还不知道"肥仔荣"在哪里，随便在附近吃个炒伊面，以为就是地道的。

翌日走过一家店，写着"福南街著名牛肉粿条"，还用英文括注"Since 1921"，即刻冲进去试。老店我小时常去，海南牛肉河粉分生肉和煮肉两种，前者灼得刚好，后者煮得烂熟，汤都香浓，味道念念不忘。

说是最多人叫的，店里先给我一碗干牛河，用芡粉搅得一塌糊涂，铺一圈酱在面上，是店里创新食物，吃了一口就放下，要求原汁原味的汤牛河，但完全不对味。

老店主已去世，做给我吃的是他的孙媳妇，我走出来时向她说："要是你爷爷有灵，一定翻三个身。"

飞机餐

至今为止，搭飞机，还是不肯吃飞机餐。

短途的四个钟左右，上机之前先将自己喂饱；长途十二个钟以上，带几个杯面，想吃就吃，不麻烦人家。

但航空公司总在起飞之前把人数算好，几个人吃几份东西，一定不会因为客满而吃不到飞机餐的。如果你不吃，这是你放弃了权利，那份原本准备的食物，抵达后也不给别人吃，就那么拿去丢掉了。

我不知道飞机公司扔了多少，每次都看到许多客人患有高空厌食症，不吃的不止我一个。一家公司一次飞行算它扔十份好了。每天几百班航机就要扔几千份，世界上那么多航空公司，当成垃圾的，何止上万？

还有那些红白酒呢？每次都要开几十瓶，但像我们那一辈喝酒的人已不多，当今的计算机怪都是一滴不沾的，开过的酒，在飞机降落目的地之前就要全部倒掉。这是国际航空组织的规定，奈何？

经济不景气的今天，一切都在缩减。节省头等舱或商务舱起不了作用，应该给予最好的服务，浪费与否不是一个问题，到底人家是付了那么多的钱。座位最多，利润最大还是经济舱，但因旅行的人少了，航空公司互相杀价来接待团体客，更是需要俭省。

订座的时候，问一声要不要吃餐，不可以吗？不说能够减多少钱给你，一说就知道飞机餐的价钱了。但可以送些小礼物作为鼓励呀！省下来的钱，捐给联合国儿童基金会，那是多好的一件事！

既然是填饱了肚皮算数，那么西餐和"麦当劳"合作，中餐由"大家乐"等快餐集团供应，总比挨那劳什子的经济飞机餐好，你说是不是？

绝灭中国饮食文化的罪魁祸首

从福建回来，最失望的是没有吃到真正的福建炒面和薄饼。这两种最地道的小吃，反而在中国台湾和南洋一带保存着，福建当地只有在家庭中才做得好，为什么呢？

"炒面和薄饼能卖得了几个钱？"当地友人说，"大餐厅里做这种东西，早就执笠（倒闭）。"

"小贩摊中也吃不到呀！"我抱怨。

"都流行卖美式快餐和台式珍珠奶茶了，当地人并不欣赏当地食物，认为老土。"他说。

同样的经验，在山东也试过。在山东再也吃不到像鞋子那么大的山东大包，说什么现在的人胃口没那么大，大包都缩小了。也没见过炸酱面，真正的炸酱面的酱黑漆漆，当今的人说看了怕怕。

到了江南，所有的菜都不正宗。

"让我吃一顿真正的上海菜吧！"我说。

"老上海菜有什么好吃的？"港人朋友说，"又油又咸又甜。"

"我就要吃大油、大咸、大甜的！"我抗议。

友人瞪了我一眼，再不搭腔。

绝灭中国菜的罪魁祸首，第一个就是当今的人注意的"健康"。怕油怕咸怕甜，这不敢叫那不敢吃，精神就出毛病。而精神上的毛病，往往引起肉体上的毛病。现代人的毛病，是医不好的。

"当年的人吃猪油，是因为他们营养不够，所以吃了也不要紧，现在不同了嘛。"内地的人说。

有钱就怕肥，当今的趋向是开健身院吃减肥药了。中国经济增长每年百分之七八，是世界各地的人羡慕不已的。在广东，酒楼生意滔滔，挤满了客人，这种现象在香港只有九七以前看得到。

人民的钱哪里来的？有很多人问这个问题。国家统计局所做的公开报告是这样的，我国富人主要有九个来源：一是企业承包制，一批敢于承担风险的人走上"先富起来"的道路；二是国家落实各项政策而得到补偿金的一批人；三是因国家鼓励私人经济发展而走"下海"的人；四是国家实行生产、生活数据和贷款价格的"双轨创"，特殊群体因而享用了价差带来的九千亿元财富；五是最早涉足证券市场的人；六是房地产投资人；七是倒卖各种出口配额的人；八是影视、体育明星和作家；九是科学技术成果获益者。

为什么只有九项而不凑成十呢？当然有贪官污吏。这些人吃自己也好，开公款也好，总之到了餐厅就是吃、吃、吃。来最贵的，但不一定最好的。

所以香港菜就成罪魁祸首第二了。香港人领先吃鲍参翅肚，又有游水海鲜，都是贵东西，才有钱赚。各省餐厅，不管是卖什么当地菜，一进门就看到一大列水箱，里面养着龙虾和各类石斑。前者来自澳大利亚，后者来自菲律宾。我组织旅行团去尝地道美食，客人看到了龙虾、石斑，心中一定问我为什么不给他们叫。但是这种内地人的新玩意儿，做得哪有香港师傅那么好！价钱又比香港的贵，吃了还满嘴粗话呢。

但招呼生意对手、拉关系，没有生猛海鲜就是不给面子。有一次去北京，给当地官员请去一家所谓的港式海鲜馆，那几条鱼翅漂在汤上游泳，稀巴烂的燕窝、炒得过老的龙虾，一埋单六万多人民币一桌，主人面不改色。

也不完全是贵的，粤菜的清蒸和点心类，的确比当地肥腻腻的东西清新得多。我去河南郑州，抵达时已是深夜，要吃点当地小食，招待我们的人说只有港式饮茶。我不相信，结果找遍全市，还真的只是港式饮茶，只有罢吃。

粤菜影响了整个国家，消灭了各地地道的大餐小食，是最令人痛心的事。内地饮食文化在"文革"时有个断层，已是致命伤，再经过港式餐饮的影响，当今一塌糊涂。

没有了救药吗？也不是。古人说，会吃，也要有三代的背景。也许日后又有新局面，希望我能见到。

"我真想开个餐馆，卖我母亲做给我吃的菜，你说行吗？"福建友人问我。

我大力支持："从小做起，不要太大，慢慢扩张好了，我会来替你免费宣传。"

地道食物还是精彩的，只要有多少肉煲多少汤就是。生意一好就兑水，那一定失败。当今许多大餐厅就是实实在在做起来的，像杭州的"老张记"就是一个例子，当年上海人看死杭州菜，岂知他们做得又好又便宜，就那么平步青云。

香港人最灵活，把菜式复古，一定做得下去，毕竟是好吃嘛，比起那些莫名其妙的快餐和豪华奢侈的鲍参翅肚。

我再三地呼吁，在保护濒临绝种的动物之余，也要保护濒临绝种的好菜。香港可以成为罪魁祸首，也可以成为怀旧食物的堡垒。我们有几代的美食根基，也经过经济低迷的风浪，现在是我们带它走怀旧菜道路的时候了。

死后邀请书

苏美璐在传真中，告诉我她先生有个友人，虽是个洋鬼子，但样子和个性都很像我。这位仁兄叫 Bruce Bernard，也是个作者。今年年头把这一个世纪中的照片，集成一本很厚的书，图文并茂，花了一生心血。此书叫《世纪》（Century），我在伦敦的书店看过，很厚，最少有五公斤，随书还送一个精美的塑料手袋，以便读者拿回家。出版后大卖特卖，给作者赚了巨额的版税，但他没有家庭子女，又知道自己快要死了，就开一个派对给他的朋友。

苏美璐的丈夫和他在同一间酒吧喝了三十年的酒，当然也收到他的邀请书，试译如下：

　　准备很好的食物和酒请大家，并且研究每个人的喜恶，供应他们爱吃爱喝的东西。如果我自己能参加这个派对的话，我会特别喜欢吃羊肉冷盘，把肉煮得颜色深红，但不可太熟。我还喜欢吃很生的牛扒。薯仔沙律非用最好的洋薯不可，酱也得精心炮制，我吃了之后再也不想看到一个薯仔。Branston 酱，我认为最好吃。甜品可从 Maison Bertaux 入，我的客人也爱这一类东西的话，至少有一大部分应该从这家店进货。请原谅我把食物描写得太长。绝对不可禁止任何人参加，除非他们是招摇过市而且令人讨厌。来吧，你们这些虚荣又苦恼的朋友，欢迎你们。我会选择 Macallen 威士忌，除非你更喜欢煤炭味，可选别的。啤酒不能忽视，餐酒也是。Château Musar 不错，大量供应。非喝香槟不可的客人，自己付钱买来好了。这是唯一不供应的酒，不应由本人的治丧委员会负担。

　　2-3-00 Bruce Bernard 谨约

我还没有想通自己的邀请书要怎么写，文笔不如他，改一些菜谱和酒名，其他的，照抄可也。

过瘾

连续几晚都吃自助餐，有点怕怕，一个晚上，当地政府特别安排了大筵席。

一共有四十九道菜，分三叠。

第一叠：绿豆糕、胡萝卜蜜饯、冬瓜蜜饯、香月蜜饯、芝麻糖片、蛋酥条、米花糖、口香梅、雕梅、燕窝丝、青梅、薯条、红瓜子和丽江月饼。

未吃咸的先来甜的，蜜饯小碟种类多箩箩（非常多）。但好像是硬按上去的。

第二叠，咸的小菜才开始，计有披星戴月、荷花鸭蛋、五彩椒榄、凉拌粉皮、红油竹笋、香酥白云豆、炸牛干巴、香酥白凤菌、凉拌地参、软炸茄盒、吹肝、雪压乳峰、炸凉粉干、凉拌玉龙鱼、高丽肉、油炸鸽蛋。

第三叠才入主题：清汤松茸、青瓜炒牛肝菌、清蒸虹鳟鱼、粉皮炒韭黄、蒜烧凉粉、大吉大利、津白烩白凤菌、酿茄子、香煎米灌肠、姜葱焖鲫鱼、青炒龙瓜菜、翡翠田鸡、蒸丽江火腿、小瓜炒牛肉、酿水瓜。

小吃还有水焖粑粑、鸡豆炒饭。种类太多，吃完全无印象。

翌日，酒店总厨亲自出马，率领一队人熬了六小时的青红萝卜煲猪蹄。众人喝了无不赞好。总厨先生是广州来的，认出我们，大家合照之后，说请我们晚上到外头吃东西。

晚上，又回到古城，在河边的一家叫"石桥小店"的餐馆吃当地风味菜。先来腊肉，果然不错。再蒸炒酿肉丸，众人哇的一声叫出，原来是把肉碎塞进新鲜百合中心后蒸熟，再在锅中溜了一溜，实在精彩绝伦。

后来的鲫鱼煮汤，用的是小条鲫鱼，全无泥味，骨又不多，鲜甜到极点。喝两砂锅才过瘾。我们过瘾，但最不过瘾的是馆子的老板，因为酒店的两名大师傅跑到他们厨房去监督，他有点不耐烦。

专家

云南的食物，像云南语言一样，基本上都受了四川的影响。

这次在昆明和丽江吃到的菜，加上许多菌类，相信是近来才流行，从前还不是只有冬菇，每天吃著名的过桥米线，非常单调。

为求变化，叫了一些虫类，有一种蔗虫，很干净，专蛀甘蔗，高蛋白质，炸后咬起来很香。这种炸蔗虫，潮州人也吃的，并非云南专有，后来吃到一种炸水蜻蜓，才较有特色。

第一餐，最可口的还是火腿。有时干瘪瘪地切成一片片，有时是切片后蒸熟，有一层肥肉，连皮上桌，当地人大概是每天吃，不屑一顾，我们却吃得津津有味。

但是比起珠江三角洲的鱼米之乡，瘠瘦高原上的云南省食物，好极有限。

饮食文化除了上等材料，还要有代代相传的历史，不断地改进才能丰盛。哪会是把米线倒进热汤中那么简单？

招呼我们的人，每上一道菜都问：好不好吃，好不好吃？

如果有人说不好吃，他们脸色一沉，变成一个和你祖宗十八代有深仇巨恨的人，直骂你是不懂得欣赏的野蛮人，不值得！

所以每次都以微笑回答，不说好，也不说坏，一个字也挤不出来。

有些到过香港的直追不误："你是饮食专家，给点意见嘛！"

我还是摇头微笑，结果被问得烦了，只好说："你要听真话还是假话？"

对方犹豫的一刹那，即刻说："真话。""一点都不好吃。"我说。他们的表情是，你吃不来，怎会是专家？我懒洋洋地："这年头，够胆说真话的，都变成了专家。"

试吃《随园食单》

清朝才子袁枚著有《随园食单》一书，我一直想试个中味道，奈何无时光旅行器，未能偿愿。一天，忽发奇想，要求"镛记"甘老板为我重现书中佳肴。他说需时间考虑，三天之后，来电称可试菜了。

昨夜欣然赴约，甘老板先拿出食谱中记载的四小菜：熏煨肉、炸鳗、鸡丁和马兰。熏煨肉依足书上所写："先用秋油将肉煨好带汁上，木屑略熏之，不可太久，使干湿参半，香嫩异常，吴小谷广文家制之极精。""镛记"非吴家，但做出来的绝不逊色，略为改变，用茶叶和甘蔗代替木屑，更香甜。甘先生自己先试了数次，认为极有把握，大家各吃一块，拍掌叫好。

接下来有五大菜：萝卜鱼翅、红煨海参、假蟹、蒋侍郎豆腐、童子脚鱼。用最高贵的鱼翅配合最廉价的萝卜丝，并非省钱，这种构想大胆，宁愿尝此吃法。从书上看起来容易，做了才知难。萝卜丝要切得和鱼翅一般幼，一下子就折断，熟了更容易稀烂，味道又太有个性，盖过鱼翅也不行。童子脚鱼其实是山瑞，用一只和碗一般大的，壳盖起来刚好，色香味俱全。"镛记"重现得极出色，《随园食单》中的菜，并无特别令人惊叹者，平凡之中见不凡，是为特色。种类也不必太多，刚刚够饱就是。

三点心有颠不棱、裙带面和糖饼。连酱料也是《随园食单》中出现过的虾油和喇虎酱。经我要求，加了一块白腐乳，绝不是《随园食单》做法，出自甘健成兄的父亲的私家货，只做少量来让老先生下粥。上次写过，友人纷纷想试，甘先生答应我在举行友好团聚的"《随园食单》大食会"时，每位一块。事先声明，吃了不能再叫。

谈吃

发现顺德人和法国人有一个共同点，那就是大家都喜谈吃。

"我妈妈做的鱼皮饺才是最好吃的。"顺德朋友都向我这么说。

"啊，普罗旺斯，"法国朋友说，"那才是真正的法国。那边的菜，才像菜。"

其实东莞的菜也不错，东莞人默默耕耘，不太出声罢了。

还是很佩服顺德人，见过他们的厨子的刀章，把一节节的排骨斩得大小都一样，炒也把汁都炒干，可真不容易。

我们一直以中国菜自大，但法国菜实在也有他们的好处，把鹅颈的骨头拆掉，酿进鹅肝酱的手艺，不逊中国厨子的花巧。

顺德人和法国人不停告诉你吃过什么什么好菜，怎么怎么煮法，味道如何又如何，听得令人神往，恨死自己不是那些地方出生。

比法国人好的，是顺德人自吹自擂之余，并不看低其他地方的菜肴。法国人不同，他们一谈起酒菜，鼻子抬得愈来愈高。

当我告诉一个法国朋友："我去意大利的托斯卡纳地区，他们的红酒也不错。"

"是吗？"法国朋友扬起一边眉毛，"意大利也有红酒的吗？"

不过住在大都会的人才那么市侩，乡下的还是纯朴，不那么嚣张。

在南部小镇散步，见到的人都会向你打招呼，还说"Good morning""Good evening"，不像人家所说的你用英语他们不回答你。

喜欢谈吃的人，生活条件一定好，所生活的地方物产也丰富，但钱也不存留很多，没有那种必要嘛。大城市的暴发户才穷凶极恶猛吞鲍参翅肚、鱼子酱或黑菌白菌。悠闲的人，聊来聊去，最多是妈妈做的鱼皮饺罢了。

想吃

在国内众多杂志中，《三联生活周刊》是一本可读性颇高的读物，每周有二十万至三十万的发行量。这个数目在内地来说，算是很高的了。

资料收集相当齐全，尤其是他们的特辑，像第七二一期的"寻寻觅觅的家宴味道——最想念的年货"，更是精彩。以春卷代表了二月的初一，初二是年糕，初三桂花小圆子，初四枣泥糕，初五八宝饭，初六火腿粽子，初七双浇面，初八豌豆黄，初九素馅饺子，初十腊味萝卜糕，十一干菜包，十二菜肉馄饨，十三芸豆卷，十四包子，而元宵则是汤圆，作为结束。这些食物满足了东南西北的读者，尤其是离乡背井的，一定有一种慰藉你味觉上的乡愁。

接下来，杂志详细地报道了香港的腊味、增城的年糕、顺德的鲮鱼、湖北莲藕与洪山菜薹、秃黄油、盐水鸭、天目笋干、灯影牛肉、汕尾蚝、白肉血肠、湖南腊肉、宁波鱼鲞、苏北醉蟹、叙府糟蛋、霉干菜、锡林郭勒盟羊肉、香港海味、大白猪头、酱板鸭、金华火腿、天府花生、浙江泥螺、广西粽子、四川香肠、大连海参、西藏松茸、漾濞核桃、福州鱼丸、石屏豆腐、东北榛蘑、藏香猪、红龟粿、清远鸡、宣威火腿、闽南血蚶、油鸡枞、米花糖等。

一定可以找到一些你从小吃的，如果你是中国人的话，也有更多你听都没听过的，让你感到大陆之大，自己的渺小，做三世人，也未必一一尝遍，况且还有更多的做法，因为这些，只是食材而已。

杂志有个特约撰稿人叫殳俏，她老远地从北京来到香港深入采访，更去了潮汕和很多其他地方，数据是从她多年来为这本杂志写的专题中选出来的。

《三联生活周刊》的记者更遍布中国各地。由他们写自己最熟悉的食材，而不去介绍什么名餐厅、大食肆，是很聪明的做法。因为不是大家都去过，也不是众人吃得起的，而食材的介绍和推荐，就没话可说了。

《舌尖上的中国》的影响，不能说没有，但文字的记载跟纪录片的影像不同，给读者留下更大的思想空间。有时，是比真正吃到的更美妙。

最有趣的是读到《秃黄油》这一篇。从名字说起，这道菜来自苏州，而苏州有些菜，极其雅致，名字却古怪，其实"秃"字就是苏州话的"忒"，特别纯粹的意思，纯粹的是蟹膏和蟹黄，用纯粹的猪网油来炮制。蟹膏要黏，也要腻，其他菜都怕这两样东西，但秃黄油非又油又腻又黏不可，用来送饭，天下美味，亏得中国人想得出来。

油腻吃过，来点蔬菜。一生人最爱吃的是豆芽和菜心，而梗是紫红颜色的菜心最甜了。菜心内地人又叫菜薹，杂志中介绍了洪山菜薹，令人向往。

菜薹是湖北人的骄傲，同纬度产地之中，也唯有湖北洪山的最清甜可口，很早就被当成贡品。流传至今的故事中，有三国的孙权母亲病中思念洪山菜薹，孙权命人种植为母解馋，故洪山菜薹亦叫孝子菜。苏东坡三次来武昌，也是为了找菜薹。我这次刚好要去武汉做推销新书的活动，已托友人找好洪山菜薹，可惜对方说已有点过时，那边土话叫"下桥"，但答应我找找有没有"漏网之菜"。

很多读者都知道我是一个"羊痴"，当然要看杂志中的介绍，看看什么地方的最是美味。单单是羊汤一例，就有苏州藏书羊、山东单县羊、四川简阳羊和内蒙古海拉尔羊这"四大羊汤"，究竟哪里的羊肉敢称天下独绝？

在内蒙古，一个叫"锡林郭勒盟"的地方，简称为"锡盟"。从烤全羊开始，住在当地多年的记者王珑锟推荐了多种吃法，反而没有提到羊汤。但不要紧，最吸引我的是他说的奶茶和羊把肉。

锡林郭勒盟人的早茶可以从八点喝到十点，除了奶茶和羊把肉之外，还有炸果子、肉包子、酸奶饼，再加上佐以蒜蓉辣酱的血肠、油肠和羊肚。

手把肉的做法是：白水大锅，旺火热沸，不加调料，原汁原味。煮好的手把肉乳白泛黄，骨骼挺立，鲜嫩肉条在利刃下撕扯而出，吃时尽显男儿豪迈。

奶茶则与香港人印象中的完全不一样。牧民把煮熟的手把肉存放起来，等到再吃，把羊肉削为薄片，浸泡在滚烫的奶茶之中。而奶茶是用牛奶和砖茶，就是我们喝惯的普洱，混合熬成，既可解渴，又能充饥，还帮助消化呢。

看了这篇文章之后，说什么，也要找个机会跑到锡林郭勒盟去一趟了。

近年来爱上核桃，认为当成零食，没有什么比核桃更好的了。因此开始核桃夹子的收藏，每到一地必跑到餐具专门店，问说有没有什么有趣的，加上网友送的，至少已近百把了。而核桃是哪里的最好吃呢？欧洲各国都有，但水平不稳定，去了澳大利亚，在墨尔本的维多利亚市场找到一种，则很满意。

中国的，我一向吃邯郸的核桃，可惜运到了香港，其中掺杂了不少仁已枯竭的，剥时一发现，即不快。中国核桃，还有什么地方出产的比邯郸的更好？在《三联生活周刊》中一找，看到了有漾濞核桃这种东西，如果没有他们介绍，可真的不知道，连名字也读不出来。

那里的核桃像七成熟的白煮蛋那么细滑，果仁皮还稚嫩得像半透明的糯米糍。读文章，才知道漾濞还有一种专吃嫩核桃的猪，这可比吃果实的西班牙黑毛猪高级得多。看样子，当核桃成熟的九月，又得向云南的漾濞跑了。

好吃命

李居明是他在新艺城工作时认识的，至今已有很多年。

最近他那本叫《饮食改运学》的书提及我，查太太买来赠送。见面，李居明从一位瘦小的青年变成圆圆胖胖、满脸福相的中年人了。

他说我是"戊"土生于"申"月，天生的好吃命。而且属土的人需要火，所以我任何热气食物都吃，从来没有见过我大喊喉咙痛，这便是八字作怪的。

哈哈哈哈，一点也不错。他说生于秋天"戊"土的人，是无火不欢的，因此喜欢的东西皆为火也。

一、抽烟，愈多愈好。

二、喝酒，愈多愈行运。

三、吃辣，愈辣愈觉有味。

无论你列出烟、酒及辣有什么坏处，对蔡澜来说，便是失效。

八字要火的人，奇怪地抽烟没有肺癌，身体构造每个人都不同，蔡澜要抽烟才健康。

同样，酒也是火物，但喝啤酒便乍寒乍热，生出个感冒来。

辣椒也是秋寒体质的人才可享用的食物，这种人与辣是有缘的。

李居明又说我的八字最忌"金"。"金"乃寒冷，不能吃猪肺，因猪肺是"金"的极品。这点我可放心，我什么都吃，但从小不喜猪肺。

他也说我不宜吃太多鸡，鸡我也没兴趣。至于不能吃猴子，我最反对人家吃野味，当然不会去碰。

我现在大可把别人认为是缺点的事完全怪罪在命上了。我本来就常推搪，说父亲爱烟，母亲喜酒，都遗传给了我，而且不知道祖父好些什么，所以也是遗传吧。

一生好吃命，也与我的名字有关。蔡澜蔡澜，听起来不像菜篮吗？

辑三　天南地北，各有其美

无法取代的荣誉

作为一个美食天堂，香港的地位不可能被动摇。

"什么？"内地朋友说，"我们的北京、上海，那些餐厅之大，装修之豪华，食物之地道，香港完全没得比。美食天堂的声誉，早就被我们超越！"

"什么？"欧洲的朋友说，"巴黎和罗马的食物，分分钟胜过香港！"

"什么？"纽约的朋友说，"如果说到国际食物的齐全，我们才是天下第一！纽约到底是欧洲和美洲加起来的大都会，中国香港那个弹丸之地，哪来那么多东西吃！"

说得一点也没错，各自有它比香港好的理由。我到了北京和上海的餐厅，其规模之大，让我瞠目结舌；巴黎和罗马的高级餐厅，侍者穿着晚礼服，把客人捧上天去，也真的没一家香港食肆比得上；说到纽约，他们的意大利菜做得比意大利更地道，甘拜下风。

但是让我们冷静地分析一下：

北京和上海的传统菜，在食材方面没有一种是特别高价的。自古以来中国人说："欲食海上鲜，莫问腰间钱。"豪华的装修，需要贵菜来维持，大家都卖鲍参翅肚去了，而这些菜做得最好的是广东人。试问："北京和上海，有哪一家粤菜馆做得像样呢？"

"重赏之下，必有勇夫。"他们说。

这也没错。错在最好的厨师，在本地已经供不应求，哪会老远地跑到外地去？我在北京和上海被邀请到所谓的高级粤菜馆，主人大撒金钱，一顿几万块，吃完还不是一肚气。干鲍鱼发得差，如啃发泡胶。好好的鱼空运到了，不会蒸，做出来的又是发泡胶。鱼翅几条，像在游泳，也够胆向你要上千块一碗。

"那么，广州有比香港更好的粤菜吧？"

比香港更大更豪华的餐厅是有的，更好的就没了。

这么一说，巴黎和罗马更没有高级粤菜。前者的越南餐还可以接受罢了，后者都是一些温州人去开的中菜馆，若非思乡病重，根本不会去"光顾"。

说到纽约，它在国际上的地位的确比香港高出很多，各地方的美食都齐全，但齐全并不代表精致。就算价钱比香港贵出几倍，什么本钱都肯花的最高级日本餐厅 Nobu，看它玻璃橱窗中的食材，寥寥可数，哪有什么小鳗鱼苗（nore sore），比目鱼的边线（engawa），或者濑尿虾的钳肉（shyako no tsumi）等刁钻的东西。

香港的日本餐厅，食材有的两天来自大阪，两天来自札幌，两天由福冈空运而来。就算东京的寿司店，最多一个星期到筑地两三次，已算高级的了。全日本，也只有几间寿司店可以拿出三宝：腌海胆、海参的卵巢拨子和乌鱼子。

香港餐厅铺租又昂贵，相对地觉得食材便宜，就肯在这方面大撒金钱了。而且，北京、上海、巴黎、罗马和纽约，有哪些地方的泰国菜、越南料理、印度和印度尼西亚餐、新马菜等做得比中国香港更好呢？要知道，这都是地理环境所致，香港作为世界上最繁忙的交通总汇之一，东西南北都容易到达，开埠以来就是一个经济中心，食材进口方便，当然比其他都市优胜。

最重要的一环，是香港人拼命赚钱，也拼命地吃！只有肯花钱的地方，才能培养出那么多的食客，也才养得起那么多的餐厅！也只有舍得吃的人，才能创造出美食文化来！

大都会，生活节奏一定快。在巴黎、罗马的一餐要吃上三四个钟头，到了中国香港，你要慢也行，要快更是拿手。这一点，西方绝对做不到。

但是作为一个美食天堂，香港的小贩食物，水平真是太差了。

我们到了曼谷，吃得最好的是他们街边卖的面食。香港开的泰国餐馆，卖的都是大路货，如果能有几档真正地道的泰国街边小吃，那就完美了。

不止泰国，中国台湾的小吃也是，越南的也是，法国和意大利的更是找不到了。

香港的沪菜、山东菜、四川菜都做得不错，但是那些地方的小吃，永远比香港精彩。

如果有一个开放式的小食中心，让大家出来以小食谋生，就可以补救这个缺点了。只要卖一样东西，做得好的话，客人就会源源不绝。从小做起，一成功了就变成一大餐厅，要记得，"镛记"也是当小贩，从卖烧鹅做起的。

新疆的羊肉串、四川的凉粉，还有东莞的道滘粽子，都是我尝过的最佳美食，这些百吃不厌的东西数之不尽，全部是财路。

经济低迷时，有什么比当小贩更容易？有什么比当小贩更自由？有什么比当小贩更不必花重本呢？

情形更坏，当国家有战乱时，当小贩更能维生。记得母亲在日军占领的城市之中，到乡村去采了小杜果，回来用甘草、醋和糖腌制一下，就拿到街边卖，结果养活了我们一家，就是一个实例了。

把各国的小食集中在香港，美食天堂的地位更能巩固，其他都市在各方面虽可赶上，但香港不是停着等，美食天堂的荣誉，是无法取代的。

台北小吃

到台湾去，最讨厌人家拉我去吃大餐，老实说，他们的四川菜甚有水准，但是江浙菜、潮州或粤菜等，真是差香港十万八千里。

街边小吃，却是令人喜悦的盛馔。

只举一小部分：如卤肉饭，以猪油将红葱头炒至金黄色，再放入碎肉和猪皮略炒，洒五香酱油滚之，浇一两汤匙在热腾腾的白米饭上，配一个卤蛋。一连可以吃几碗。

苦瓜排骨汤是将小排骨、苦瓜、豆豉和小鱼干放在一个小杯子中，盖以薄纸清炖，和人生一样甘苦。

西门町的小横巷子中，有家出名的"切阿面"，用小竹笼子一笼笼地烫熟油面、韭菜、豆芽和肉片，倒入小碗中，上面加油葱。汤是猪骨熬出，如果喜欢吃干的，便加酱油膏和辣酱。再叫一碟猪肝、小肚或台湾人的花枝佐之。店的主人叫阿九伯。

蚝子面线引人垂涎，面线经酱油炒过，呈褐色，以猪大肠熬数小时为汤，用新鲜小蚝糅以少许茨粉灼之，蚝似给一层水晶包住，上桌时加一小匙蒜蓉。

骑脚踏车的小贩，车后搭了一个架子，挂着一串串的香肠，另有一小烤炉，客人到了，先在一个大碗中和小贩赌骰子，赌赢了可以免费享受，输了付钱也得到一条又焦又香的肠子，它中间除肉以外还有高粱酒，咬一口肠，再咬一口大蒜，饱死人也臭死人。

新竹贡丸一粒有三颗香港牛肉丸那么大，以猪肉为原料，加清汤和芹菜粒。通常猪肉难于打得有弹性，但新竹贡丸，掉在地上又会跳回桌子。

金菇鱿鱼焿也是一绝，鱿鱼干不发，多僵硬不堪。此道菜却入口就化，爽脆得出乎意外。

福建人、潮州人叫金不换的蔬菜，用来炒螺肉，吃不惯觉得味道怪异，吃上瘾就吃到啜指头。

台湾炒面由福建炒面发展，用油面加五花肉、虾米、冬菇和鲜鱿炒，主要的味道来自掺在其中的猪油渣。

奇怪的是这些小吃，一由摊子发展至大店时味道就差了，极香甜的一家叫"鸭肉扁"的，就是一个例子。

口味

真正好的潮州餐厅，香港没剩下多少家，多是一些和粤菜混合的，结果两方面都没做好。

贵菜，像鱼翅、螺片等，也许有人认为在上环的那两家老店做得好。小食方面，从前是潮州菜最佳，当今搬进熟食中心，味道逊色了许多。

地道的平民化食肆，只有九龙城的"创发"。我人在香港的话，就会想去吃吃。今晚，双腿又把我扯去。

和老板已是好朋友了，像初遇那么亲切。他知道我吃得不多，每一样菜都来一点点，像腌咸白带鱼，送给我一小块试味罢了。

站在玻璃橱窗内的光头老伙计也把我当成亲人，看咸白带鱼冷了，在油锅煎得香喷喷才拿给我。

　　这里的猪肚和猪粉肠煮咸菜汤,绝对在别的地方吃不到,最巧手的"家庭煮妇"也做不出来。无他,只是他们客人多,大量胡椒一大锅一大锅熬出来,你去哪里找?

　　"炒一碟锅粿给你吃吧!"老板说。

　　用米浆做出来的长条锅粿,有两种炒法,下黑酱油、韭菜和鸡蛋,用平底锅煎出来的,这只有在"创发"才能做到的。

　　锅粿照样是和鸡蛋一齐煎,但是以芥蓝梗薄片代替韭菜,还加了蚝仔,下鱼露,有点像蚝仔煎混上锅粿,但是还下了很多糖。

　　什么? 又咸又甜? 广府人和上海人吃进口一定皱眉头。

　　这才是真正的潮州菜呀! 不是从小养成这种口味,是不会了解的,这种又咸又甜,也只有潮州人才够胆创出来。

　　潮州饮食文化特别,常将意想不到的味觉掺在一起,像他们的龙虾是冷吃的,片后再点甜的橘油,咸甜融合得天衣无缝。这道理和沪菜的浓油赤酱一样,但你不是上海人的话,也不懂得欣赏。可惜,浓油赤酱和咸甜锅粿在消失。剩下的,只是淡出鸟来的新派菜!

福州菜

　　拍台湾的饮食,少不了福州菜。

　　虽说台湾人多数是由闽南移民过去,福州人也不少,从前开了许多家餐厅,现在仅存了"福州新利餐厅"。

起初还以为他们不做了，后来去老天禄买鸭舌头时在对面看到招牌，即刻摸了上去。普通客人如果不是福州老乡介绍，在食肆林立的西门町中，也绝对不会选中这一家。

看到菜单已禁不住垂涎：腰花海蜇、红糟羊肉、双丸汤、海鲜米粉等，都是久未尝到的美味。

腰花海蜇先用两种很爽脆的材料配合爆成，加上糖醋。精彩之处在于垫底的油条，切成一小片一小片地和猪腰海蜇头一块兜炒，除了甜酸之外，还有三种不同脆度的食物，是福州文化之最高境界。

双丸汤用的是福州鱼丸和燕丸，前者很大粒，丸中包着肉碎，咬起来一不小心，汤汁喷得远远的，或溅得一身黄浆。后者用燕皮包馅，皮薄肉甜。

羊肉用红糟来炖，福州人酿红米酒，喜爱用剩下酒糟做菜，和客家人一样。这一道羊肉炖得软熟，以酒糟来减少膻味，但又留下一点点，实在考师傅的功夫。

海鲜米粉是客人必叫的，先以蛤蜊、鲜虾和螃蟹熬汤，再加入米粉焖煮而成，还有一些白菜，汤当然不用味精也鲜甜，螃蟹也煮得刚好，没有因为熬了汤而失了吃头，我爱吃面，以面代替米粉，老板本来不肯做，但在我坚持之下，只有依从。油面的碱水味渗入，更是天下绝品。

本来要叫草包饭，是用一个个小草包，加入生米炊成，吃时往碗中一挤，啵的一声够远，香喷喷地上桌，但可惜已不做了。

护国寺小吃

在北京的时间很短，又是去介绍粤菜，只剩下一个早上可以去尝试当地佳肴。

北京吃早餐的地方不多，最典型和最地道的，算"护国寺小吃"了。吃的都是回民的风味，证明回民是比较勤力的。

"护国寺小吃"给"华天饮食集团"购买，一共开了七家，每一间都要加上"华天"这两个字，应该已是半官半私，自负盈亏的经营。

到哪一家好呢？当然是去龙头，在护国寺街，人民剧场附近的那一间去。

卖的有艾窝窝、驴打滚、豌豆黄、象鼻子糕、馓子麻花、麻团、面茶、杂碎汤等，一共有八十种小吃。

从小看老舍先生的作品，对豆汁的印象极深，第一次到北京就到处去找，结果给我在牛街找到，现在流行怀旧，每间风味小馆都卖豆汁了。

当地人吃了几百年几千年的东西，一定有它的文化，我一向对当地小吃都要尝一下，这是对这个地方的一种尊敬。

豆汁是榨了豆浆之后的渣，再发酵后加水煮出来的东西，当然带酸，也很馊，吃不惯的人一闻就倒胃。我照喝，喝出个味道，还来得个喜欢，喝豆汁时一定要配焦圈和咸菜。

什么叫焦圈？这和麻花、开口笑等，都是用淀粉炸出来的。从前生活困苦，有点油已是美味。从小吃的话，经济转好也会记得，长大了就一直要吃下去，看你是不是土生土长的。外来的人吃不惯，就觉得不好吃。

肉类很少，我叫了一碗羊杂碎，算有点内脏吃，但汤极膻，愈膻愈好，不喜欢羊肉的朋友最好回避。又要了一碗羊肉面，只有几片薄得像纸一样的肉，但也觉得很满意了。

上海菜市场

从淮海路的"花园酒店"出来，往东台路走，见一菜市场，即请司机停下。到任何地方，先逛他们的菜市场，这是我的习惯。

菜市场最能反映当地的民生，他们的收入如何，一目了然。聘请工作人员时，要是对方狮子大开口，便能笑着说："依这个数目，可以买一万斤白菜啰。"

但是上菜市场，主要还是爱吃，遇到什么没有尝试过的便买下来，如果餐厅不肯代你烧的话，就用随身带的小电煲在酒店房内炮制，其乐无穷。

菜市由自忠路和淡水路组成，面积相当大，至少有数百个摊子。

蔬菜档中，看到尽是茭白笋，此物拿来油焖，非常美味，番茄也特别肥大，其他蔬菜就不敢恭维了，上海菜市的菜，给人一个瘦得可怜的感觉，芹菜瘦、菠菜瘦、苋菜也瘦。还有数条瘦茄子，已经干瘪，还拿出来卖。冬瓜是广东运来的，一元一斤，冬瓜头没肉，便宜一点卖一元。有新采的蒜头出售，买了一斤，一块半。

海鲜档中卖的尽是河产，鲩鱼很多，另外便是齐白石常画的淡水虾，想起从前在"一品香"吃的抢虾，口水直流，但现在所有河流污染，已没人敢试了。大小的贝壳类，蛏子居多，蚶子不见，还有一种像瓜子那么大小的贝壳，在台湾时听人叫海瓜子，但大得不像瓜子，上海卖的名叫瓜子片，名副其实。据说当年上海流行肝炎，全拜此君所赐。

在香港看不到的是比虾粗大，又有硬壳的虾类，上海人叫它为龙虾，但只有手指那么小。想起丰子恺在一篇叫《吃酒》的小品中提过一个钓虾人的故事："虾这种东西比鱼好得多。鱼，你钓了来，要剖，要洗，要用油盐酱醋来烧，多少麻烦。这虾就便当得多：只要到开水里一煮，就好吃了……"

劏（杀）鳝的档子也很多，沪人喜吃鳝，小贩们用纯巧的手法把肉起了，剩下堆积如山的骨头，大概后来都扔掉了吧。其实把鳝骨烘干，再油炸一下，香脆无比，是送酒的好菜。

卖鸡的当场替家庭主妇烫好拔毛，鸭摊就少见，其他种类的家禽也不多。

猪肉摊少，牛羊摊更少，所有肉类不呈鲜红色，死沉沉地蒙上一层灰，都不新鲜，怪不得只能做红烧，或者回锅肉等菜式才好吃。

菜市中夹着些熟食档，上海人的早餐莫过于烧饼油条、油饼、生煎包子和烙饼等。烧饼油条是以一层很厚的饼包着油条，此饼可以放只鸡蛋，包起来时是肿大的一圈，油腻腻地，试了一客，一块钱，腹已大胀。当然没有想象中那么好吃。上海朋友对烧饼油条的神话，不过于在肚子饿时的第一个印象，也是他们的乡愁。

油饼味较佳，用一个煎锅贴的平底锅以油炸之，一层很厚的饼上铺满芝麻，长三角形地切开一块一块，包君吃饱。

生煎包也很精彩，至少比在香港餐厅吃的好得多。烙饼贴在一个大泥炉上烤，这个大泥炉就是印度人的丹多里，烙饼这种吃的文化是由那边传来的吧。

花档全街市只有两家，种类也不多。上海的生活质素还没有到达摆花送花的地步。

反而是在卖菜的老太婆那里找到了白兰花，两块钱买了四串白兰，每串有三蕊，用铁线钩住，变成个圆扣。研究了一下，才知是用来挂在衬衫上的纽扣的。花味由下面熏上来，香个整天，这种生活的智慧，香港倒学不会。

扣着白兰花朵到其他摊子看，小贩们见到我这个样子，态度也亲切起来。

以为这是一个自由市场，什么人都能来卖东西，其实不然，看到一间有盖的小屋，里面挂着所有摊位的地图，政府人员在监视着。当然是要收租的，门口还有人在排队，大概要申请到一个摊位是不容易。但是有些老太太买的只是几块姜，还有几位单单买鞋带罢了。难道她们也得交租吗？交完了又怎么生活？其中还有些一看就知道是外地来的农民，打开布袋就地卖干笋尖、海草等杂物，他们是来打尖的？不可能吧，管理人员四处巡查，逃不过他们尖锐的目光，是不是有其他的协议？

有一个管理员凶巴巴地骂一位卖鱼的小姑娘，她的脸愈涨愈红，不知谁是谁非，也不能插手理论，只看到他骂完之后走开两步，转身回去再骂，中国人就是有这种劣根性，一旦有了微小得可怜的权力，一定要使尽它。

"喂，好了没有？有完没完？"我忍不住大喝。

那厮狠狠地望了我一眼，才肯走开。刚刚这边骂完，远处又有人吵架。

"侬是啥人？"有一个向对方大叫。

对方也说："侬是啥人？"

两个人"侬是啥人？"地老半天，重复又重复，中间最多渗了"侬算是中国人"的字眼罢了。最后演变成："你打我啦！""打"字沪人发音成"挡"，挡来挡去，没有一个动手，要是这种情形发生在广东，那粗口满天飞，还来个什么"侬是啥人？"

到底，上海人还是可爱的。

名门

从前到杭州，去过一家叫"名门"的个体餐厅吃饭，水准之高，印象深刻。

这次陪查先生重访杭州，临行之前还是打了一个电话给"天香楼"的韩老板，问说杭州哪间的餐厅最好？回答是"名门"，错不了。

查先生公子传倜兄先去探路，我们抵埠后他跷起大拇指，说名不虚传，最好吃的是鱼圆。

位于蕲王路十九号的"名门"，装修得相当精美，入口处挂着韩老板送来的镜匾。这里的老板娘叫唐晓虹，要吃什么杭州菜，和她商量，即刻办到。

当然先来鱼圆汤，杭州鱼圆和潮州的做法不同，用的是河鱼，并不弹牙，但鲜味十足，和莼菜配合，的确是美味。查太太吃不够喉，再来一大碗，二十粒大鱼圆，吞个精光。

冷菜是白切鸡、卤鸭、藕片、唐菜、拌豆腐、醉腰花。热菜有葱油鲈鱼、酱爆田鸡、龙井虾仁、炒腰肚、宁式鳝丝、炒二冬、光炒青菜、羊肉煲和甲鱼蛇汤。

少不了东坡肉，杭州的餐厅，东坡肉可一块块地叫，用个紫砂小碗盛着，每人一方块，放在桌面上，那块肉还会摇动，肥油已用玉扣纸吸掉，大家可以放怀去吃，不用怕什么胆固醇。

喝蛇汤之前把蛇血和胆拿来给贵宾吃，那颗胆有拇指大小，这条五步封喉的毒蛇，是那么巨大。甲鱼熬出来的汤，客人有点怕怕，但只要喝一口，即知其鲜甜，可以再来一碗。

炒腰肚的是肚尖，爽脆，猪腰亦全无异味，精彩得很。

当晚没吃大闸蟹，这次在杭州，不论在餐厅或菜市场中，都没看到大闸蟹，大概都运到香港来了。埋单，价钱合理得不能置信。各位去杭州，别忘记去试。

馍

在西安，吃来吃去，离开不了"馍"。

馍是什么？烧饼是也。

我跑去看它的制作，用面粉加水捏成团，再搓一粒粒圆球，用手一压，成一块饼状。大的有一寸[1]厚，直径有四寸，像一个小咖啡杯的碟子那么大。

普通的饼是把面团往挂炉的壁上一贴，发胀后烧出来；馍是放在一块平坦的铁板上烧的，表面有点焦，表示馍已烤熟。

所谓的羊肉泡馍，就是用这块东西撕开，放进碗中，再淋汤罢了。你不吃羊肉的话，也有牛肉，茹素者可叫斋泡馍。

陕西人吃泡馍，有一个仪式，有如茶道。上西安的馆子，坐下，见桌上有几个空的铁碟子，旁边有碟生大蒜让你剥。

---

[1] 1寸约等于3.33厘米。

一叫馍，侍者便会送你一个盛汤的空大碗，再把两块大馍往空的铁碟上放。

这时，三五知己就开始"掰"了。

掰要有技巧，也不高深，只要把馍用手分开，掰得愈细愈好。大家一面掰一面聊天，绝对不能急，一块馍要掰个老半天。凡是用机器把馍切开的，都为陕西人不屑。

有的人一掰就两块馍；有的半块，看你食量。掰好了，就叫小二拿去。

我也跟进厨房，见有一大锅的羊肉锅，已熬了数小时或整天吧。汤中不断加粉丝，大师傅用勺子把汤和粉丝舀进大碗中，即能上桌。你会发现，肉的分量少得可怜。

如果你只要汤不吃馍，那么大的一个碗只有三分之一不到。吃时有三种配料：舂碎的辣椒、香菜和糖蒜。

陕西人对泡馍是认为神圣的，不能批评，而且一定问你印象如何？我在电视节目上说把馍掰得像米粒那么细，是因为向往吃大米而得来了的，差点引起了公愤，说完逃之夭夭。

青岛大包

青岛的小吃可真不少，但以饺子和馄饨为主。饼也是很受欢迎的，我对山东菜的知识和好感，来自韩国友人。多年前我从日本小仓乘船到釜山，一路玩上去到首尔，爱上这个国家，前后去了不止一百次，所交的朋友之中，多数是山东人，他们教会我吃饼。

把一张折叠着的大饼张开，中间夹了一根长葱，沾了面酱，就那么大口咬着来吃，痛快到极点，充分表现出山东人的豪迈。

这种饼在山东的餐厅已少见，特别吩咐的话还是有的，但供应的面酱水准不高，一味死咸或腻甜，就完蛋了。

馄饨和蒸饺的皮很厚，当年大家穷，馄饨都要先吃得饱。到了南方变成了云吞，皮才薄，馅也精细。至于蒸饺，也是皮厚，比起河南"郑州老蔡记"的，有如棉被和床单。

我们一早爬起，就往外觅食，选择有几家小吃名店，如"心连心豆腐脑""东和香排骨砂锅米饭""小红楼牛肉灌汤包""大船牛肉单饼""甜塘湾水煎扁担饺""嘉青斋海鲜粽子""外婆桥瓦罐粥"等。最后还是去了"青岛大包"。第一次听到青岛大包是胡金铨兄亲口描述，他张开双手一比，足足有一只脚那么大。我们都不相信，他叫"乐宫楼"师傅为我们做出，才叹为观止。

来到山东，友人也说有板脚子大包这一回事。我们一直追求最地道的食物，去了这家名店之后，才发现所有的大包，并不大，只有我们的叉烧包的两倍左右。

馅还是做得好的，但不能以皮薄来形容，包子大，皮才显得薄；小了，皮就觉得厚了。价钱便宜，我把店里所有的不同馅的包子都叫来试。有些吃剩，浪费是浪费了，上帝原谅。

重访成都

又到成都，这是第三次了。

她给我的第一个印象是灰色的。废气永远地笼罩着这个都市，能见到的太阳，是颗咸蛋的黄色，没看过直透的日头。

这回也不例外，灰灰暗暗，友人说："今天算冬天里最好的一天。"

要是我在成都长期生活，一定会哭泣。

四川话像黄梅调中的对白，对方说得慢的话，仔细听，还是能懂的。友人带我到青石桥市场，解释这是市内最大的菜市。

果然是天府之国的中心，万物应有尽有，难忘的是干货摊子，一捆捆的东西，每条四五寸长，像是蹄筋类，仔细一看，原来是晒干了的牛鞭。

蔬菜类中，有菜心，和我们这里不一样的，是外层为深红色。紫油菜，真好吃。

同个颜色的菜，有种叫猪屁股的，我颇爱吃，但味道难闻到极点，不是人人能接受。

彩色缤纷的鸡鸠到处可见，有了它，何必吃家禽。这有点像问人为什么不食糜，我们认为便宜的，当地人是山珍的价钱了。

最多人光顾的是海鲜摊子，种类当然不及我们这里丰富，生活逐渐改善，四川人也吃厌了土产，要求罕见的深海鱼虾蟹。

穿着鲜红睡袍来买菜的女子，夹在深蓝中山装男人之中，古老的街道，背景中高楼大厦一栋栋建起，极不调和。

更与当地环境格格不入的，是我们这几个游客，拿出照相机对准那捆牛鞭或红色睡袍女子来拍。

注意到与南方很不同的，是当地人的目光，并非太过热情，但绝对无敌意。

成都人是单纯的、可爱的，吃了那么多辣的东西，一点也不火爆。

老滑头

午餐在旅馆餐厅吃自助。许多食物，并非每样都是精的，要看你怎么选。

首先，当然挑香街吃不到的东西。最奇特的是一种叫竹叶野菜的，似大熊猫吃的竹叶，用水灼熟，云南人称为"沾水"。

这种野生的蔬菜只长在海拔三千米以上的高山，味道有如菜心、芥菜和麦油菜的混合，带苦，但很甘甜。天下蔬菜之多，不可胜数，今天又认识了一个新朋友。

火腿墩白云豆，有点像上海人的腌笃鲜，只是用白云豆代替笋尖，所谓白云豆，有如蚕豆大小，白色，无甚味道。但是此汤好喝在用大量的云腿熬出来，云南的当然没金华那么香，上等云腿胜在不是太咸，分量和火候十足的话，没有不好喝的道理。

每一种食物面前都有一张小卡片，用铁盖盖住，看不到里面是什么，见有写着"千张肉"的，即刻翻开来看。

原来是一大碟黑漆漆的东西，样子像梅菜扣肉，一试之下果然相同，但一般的梅菜扣肉切成一大块一大块，这里做的是迷你型，每一片肉像从前的巴士车票那么小，又非常之薄，可见师傅的刀功。吃起来就没有大块的那么恐怖了。

"为什么只选三种，那么多东西？"有个团友问我。

"东西多，吃得多，就胖了。"我笑着，"我父亲常教我：吃半饱，多跑跑。"

他又看到我碟上的几片肥肉："不怕胆固醇吗？"我又重复我时常开的玩笑："胆固醇有两种，分好的和坏的。别人吃的是坏的，我吃的是好的。"

众人都笑骂我这个老滑头，玩笑归玩笑，事实为凡是食物，不是吃得太多，都不要紧。

大食中原

我只是去郑州走走。有些朋友问我时，我却这么回答："我要到中原。"

"中原？"友人好奇，"还有一个名叫中原的地方吗？是不是江湖人物必争之地？"

　　我故作神秘点点头。其实河南省地处黄河之下，是中国的中部，因此称"中原"，又叫"中州"，简称"豫"。而郑州是河南的省会，中得不能再中了。

　　河南人好像对这个"中"字情有独钟，常用"中"和"不中"表示"可以""不可以"。去河南之前，学会这句话，当地人对你特别亲切。

　　从香港有直飞郑州的飞机，但是班次较少。深圳机场则每天三班，故从那里出发，整个飞行时间是两小时。

　　机场离开市中心，十五分钟到二十分钟。当今所有发达城市机场愈搬愈远，都要一小时以上了。

　　三月天去郑州，之前看天气报告，说是三度至十度，带了大堆寒衣。想不到热得很，全没用上。

　　"你把阳光带来了，今天是这几年来最好的天气。"当地朋友捧场地说。

　　整个天给一层浓烟罩着，已算是最好的吗？不过大陆的每个城市都是那么受污染，郑州也不例外。

　　街道两旁长着法国梧桐，现在还是光秃秃的，建筑物也有高楼大厦，但与一般的平房很不相称，从交通工具、人民衣着看来，这城市只能发挥怀旧感的作用。

　　下榻的Sofitel算是全市最好的了，此法国集团全球有数千家酒店，皆为二流至三流。郑州这间全新，房间很干净舒服。

　　公事即刻办完，友人问要不要去玩玩？洛阳和开封都离郑州只有一个多小时车程，少林寺也近，要看黄河，二十分钟即有。

我出门已有一段日子，赶着回香港吃云吞面，但是来这里之前已做好调查，有三家老字号餐厅，非试不可，本来可以去洛阳看牡丹，但季节未到。洛阳还有所谓的"水席"，上菜程序有如行云流水，也想试试。

"水席我们郑州也有。"友人说。

即刻光顾，原来水席起源于洛阳盆地，雨量很少且气候干燥，因此民间膳食多用汤水，每一道菜都是汤。而水席的汤，以酸辣为主，也有乳白色不辣的，称为奶汤。

印象最深刻，也是最著名的是"洛阳燕菜"，汤进口酸酸辣辣，捞起的是半透明的东西，细嚼之下，感觉很像燕窝，原来是用萝卜切成幼细得再也不能幼细的丝，刀功不得了，鲜嫩爽口。当年献给宫里吃，皇帝也大赞，赐名"假燕菜"，吃洛阳水席，单单这道菜已值回票价。

另一种叫"焦炸丸子"的，汤先上，再把刚刚炸好的小若樱桃的丸子倒入汤中，滋滋作响，Presentation一流。

吃完水席，请酒店大厨做一席典型的河南菜一试，觉得比起江南菜，中原烹调逊色得多。他们的活鱼活吃是把鱼炸了还活着开口，太过残忍，我不肯叫来吃。这道菜早应禁止。至于他们的"鲤鱼焙面"，把鱼铺上粉炸了，淋上酸辣汁，没什么特别，与众不同的是将面拉成细如发丝的龙须面，炸成金黄盖在鱼上。细面给汁一浸，变成一团糊，也没吃头。友人又说从前用的是黄河鲤鱼，味尚好，但现在已经人工饲养，不堪入口也。

我想要是把那龙须面拿来做汤面，或炸或捞，也应该好吃。大厨点头，但做出来的比云吞面的面条还要粗，原来龙须面除了炸，不能试做其他。

还是去最著名的那三家老店吧！"葛记坛子肉焖饼"从店名看来，你会有什么印象？大概是和我一样，认为有一个小坛子，里面煨着红烧肉，再和圆如馒头的饼一齐吃吧？上桌一看，完全不是那一回事，像一碟干炒牛河！

原来所谓的焖饼是把面压平，切成一条条很粗的东西。所谓的坛子肉是在厨房中用一个大坛子煨了小方块的猪肉，再取出来淋在饼上罢了，根本看不到坛，大失所望。

天下第一面的"合记烩面馆"熬了羊肉汤，淋在很粗的扁平面上，像吃饼多过面，汤也不够鲜。

临走的早上，到"京都老蔡记"去吃馄饨，本来要到中午才开，勉强了主人蔡和顺先生一早为我们做。上桌一看，乖乖，才知道什么是馄饨，什么叫饺子！

大蒸笼上面铺着长条的针松，叫马尾松，事先已用高汤炮制，再上油。马尾松的上面才是饺子，皮薄得像我们的云吞，折了十二个褶，也叫叶子褶，里面的馅充满汤，久放不破，躺在松叶上，扁扁平平，用筷子去夹，不必担心汤流出来。送进口，啊！那阵味道错综复杂，又加上松叶的香，的确是我这一生六十年尝所未尝的最佳饺子。任何人做的，和他们一比，都要走开一边。古人逐鹿中原，我没有打战的欲望，但是为了这笼饺子，争个你死我活，也是值得！

郑州市有多家"老蔡记"，要记清冠有"京都"二字这一间。

十大省宴

什么是中国的八大菜系？当今已有很多人搞不清楚。记忆中的是：

粤菜，当然应该入选。南方是一个物产富庶的地方，从最贵的鲍参翅肚到最便宜的云吞面、叉烧包，粤菜影响到全国和海外的饮食。经济起飞，更令从来不用贵重材料的省份做起粤菜来。到底，海鲜类才能卖得起价钱呀。

在没有海鲜的内陆，新鲜的鱼总是吸引和迷惑着人民，"欲食海中鲜，莫问腰间钱"这句老话，说明海鲜总是被大众向往。

再下来的是苏菜和浙菜了。前者属于江苏省。长江下游，黄海之滨，向来以"江南鱼米之乡"见称。由淮阴、扬州组合成淮扬菜，再有南京、苏州和无锡，总称为苏菜了。

浙江省的美食叫浙菜，主要是指杭州菜、绍兴菜和宁波菜，佳肴无数，不胜枚举。

徽菜，又称皖菜。安徽省会是合肥，皖菜包括徽州、沿江、沿淮三种口味，但香港人也许只记得有祁门红茶，和"天下第一奇山"黄山。其菜有"一大三重"之称，就是芡大、重油、重色、重火了。其实它的名菜"清炖马蹄鳖"，一点也不符合"一大三重"的说法，可见菜式变化多端。

川菜不必说，味道流行于中外，但并不一定以辣迷人。在省会成都的一间菜馆，可以做一筵席，十二道菜，没有一样是辣的。

湘菜是指湖南菜，湖南省会是长沙。也别以为都是毛泽东嗜吃的红烧肉和辣菜，它的名菜有三百多种，洞庭湖的淡水鱼又丰富，加入古代八大菜系之中，是有它的道理。

山东的鲁菜，影响到北京菜。山东省会是济南。很奇怪的，鱼的内脏一概不吃，但是猪的，从头吃到尾，最具代表性的"九转大肠"，各家做法不同，但都有水平。小吃更以山东大包和炸酱面见称。地位摆在八大菜系之尾。

"什么？"友人问，"福建的闽菜也是八大菜系之一？"是的，很多人不知道，福建菜还排在第二位呢。福建省会是福州，福建古名"八闽"，故福建菜以闽菜为名。当今香港人只知道厦门，其实厦门、漳州和泉州等地叫为闽南；而福州、武夷山等地叫为闽东。福建人吃的多以海鲜为主，内陆人最为珍重，故闽菜不但列入八大菜系，而且是继粤菜之后，排名第二位的。

重复一次，从前的中国八大菜系，是广东省的粤菜、福建省的闽菜、江苏省的苏菜、浙江省的浙菜、安徽省的徽菜、四川省的川菜、湖南省的湘菜和山东省的鲁菜。

但这八大菜系是在清朝定下的，距离当今时间甚久，也应该重新估计。像一个广东省，已占地甚广，可以分出三大菜系来，那就是广州、潮州和东江，东江菜指的是客家菜，而且珠江三角洲各地的菜已各有名堂，再分就更细了。

好吃的菜，都集中于大都市，像近河北的首都北京，是不是也应该分出京菜来呢？天津也近河北，津菜又如何？

上海邻近江苏，但沪菜已那么出名，亦可成为一大菜系。而淮扬菜应不应从江苏菜分出来呢？南京在江苏，苏州也在江苏，从前叫为京苏大菜，是否可各自排列在大菜菜系之中？

近河北的有北京和天津，那么河南省的人说我们的豫菜也不错呀，就河北出名，邻省的河南就那么差吗？为什么豫菜不能加入？

湖南出了毛泽东，湘菜更出名了，那邻省的湖北呢？鄂菜不输给人呀。这时云南省也加入讨论，滇菜的确有独特的风味。广东省的邻居广西的桂菜呢？甘肃省的陇菜呢？

还有我们的古都西安，陕西省的秦菜，可别忘记。

东北各省都有好菜。喜欢吃羊的话，我们岂能漏掉西藏、新疆和内蒙古？

若以菜系记之，也许会混乱，搞出旧八大，新八大的十六大来。我想，还是以省份排列吧，把各大名菜归入各省份去，叫它省宴，也许较为恰当。

广东省的省宴，把潮州和客家菜都列入。福建省的，闽南厦门、漳州和泉州，以及闽东的福州和武夷山菜，也都是福建省宴。

江苏省宴包括了苏州、扬州、无锡和南京的菜，甚至可以硬生生地把上海的沪菜也加进去。

浙江省宴有杭州菜和宁波菜作为代表。

安徽省的省宴在省会合肥举行。四川省的，委屈了重庆人，也并之。

湖北菜一向受湖南菜影响，对前者不公平，也只选湘菜作为省宴，湖北菜落选。

山东菜当然列入。

新省宴应该有陕西的秦菜，很可惜不能选中云南省、贵州省和广西的菜。

这样，取代八大菜系的是十大省宴：一、广东；二、福建；三、江苏；四、浙江；五、安徽；六、四川；七、湖南；八、山东；九、陕西；十、台湾。

香港并不是一个省份，不能列入，但香港菜已侵入内地民间，它的鲍参翅肚乃至茶餐厅，已无处不在，就别和其他省份争名衔了。

部位

一碟白切鸡上桌，你会先选哪一个部位吃？洋人当然挑鸡胸肉，或者鸡腿。东方老饕则喜欢吃带骨的部位，没肉都不要紧。

牛的体积较大，选起来不容易，吃什么部位，要看做什么菜。炒芥蓝的话，最好用牛肉档内行人所谓的门腱，切成薄片，炒起来虽有点韧，但是很香。煲牛腩的当然用崩沙腩这个部位，带肉带筋，才好吃。肥牛用来吃火锅，牛尾烧罗宋汤，但说到变化，还是牛膝，除了肉，还能享受骨中的髓。

羊肉则是在羊腰附近的肥膏最美。羊腿吃起来很豪放，像鲁智深一样抓一臂猛啃，快活之极，膻味，不可少。

猪肉每一个部位都是美味，最高境界是肚腩的三层肉或叫为五花腩的。红烧起来，隔条街都闻得到，做东坡肉，更是绝品。将五花腩切片，和四川榨菜一齐铺在白饭上，加点虾酱，炮制出来的煲饭，一流。相较之下，背脊部分的肉排就被比了下去，但洋人喜欢，菲律宾家政助理也最为拿手，没话说。不过用上等的黑豚来做的猪扒（tonkatsu），也可以柔软到能用筷子切开。猪手猪脚煲糖醋姜，猪皮烤得脆啪啪，猪头肉拿来卤，都是好材料，至于猪尾，煲花生，也百吃不厌。当年猪颈部位，是内行人所谓的肉青，没什么人会欣赏，只用来做腊肠，因为价格便宜。我曾经大力推广，现在大家都爱吃。如今可以再介绍包在猪肺外面的那层薄肉，叫猪肺网，台湾人称为官燕，也是一个冷门的部位，它带点筋，煲起汤来绝不输猪腱，值得一试。

前世

到一家新开的羊肉火锅店去试菜，发现羊肉只有一种，虽说是什么内蒙古的羊，要多好有多好，但是冻成冰，削为一卷卷的，吃不到羊膻味，也吃不到其他什么肉味，颇失望。

埋单时一个人头要花近两百元，也不便宜，但店不大，又不是财团经营，还是算了，吃完不指名道姓去批评它。

本来觉得内地来的大机构"小肥羊"的价钱愈来愈贵，但是与那间店一比，还是值得的。至少他们的羊肉还有几种可以选择，要那些最好的，还是好吃。

还有，他们的汤底不折中，还是那么辣，至少吃得过瘾，那些新开的羊肉店已经完全迎合香港人的口味，汤底淡出鸟来。

既然想吃羊肉，就要有羊肉味，你说膻也行，不去碰它是你的损失。我们这些嗜羊者，非得吃出羊味不可，你的膻是我们的香。不然，什么肉都是一样，不如吃大笨象，反正它们肉多。

最怀念的还是在北京吃到的羊肉。有一家店，玻璃橱窗中挂着新鲜的羊腿，是当天屠宰后由内蒙古空运，师傅用利刀把腿上的肉一片片割下，较用电锯切出来的厚，这样才有口感，又羊味十足，这才是吃羊嘛。

冰冻后刨出来的羊肉卷，看了最反感。那一大碟肉，涮完剩下一点点，我们已经不够吃，北方汉子怎么吃得饱？

内脏更是香港的羊肉店缺少的。在北京吃，至少有羊肝、羊腰、羊肚可选择，有时还制成羊丸，煮熟后真够味道，比吃什么羊肉水饺或小笼包好得多。

决定今后再也不去不正宗的羊肉餐厅了。一过内地，像深圳，什么羊肉馆子都有，尤其是到了广州，那家穆斯林菜馆的烤全羊，真把我引得口水直流。

我想，我这么爱吃羊肉，前世一定是新疆或内蒙古人，错不了。

内脏文化

台湾人是一个吃猪内脏的群体。不相信吗？首先提出的证据，是菜市场中卖的内脏，比香港贵。曾经问过澳大利亚的一家著名烤肉店的老板："为什么你们不吃内脏？"他回答得妙："我们也喜欢，但是烹调技术没你们高。"的确，像肠类的，肌肉组织强，弄得不好，如嚼胶皮圈，处理得不干净，更是令人作呕。

台湾人吃内脏的技术又有什么了不起？啊！家庭主妇做菜，把一副猪肝洗净，找出它的主脉，用一支针筒，将酱油、花椒、八角等香料调配好，注射进去，等酱料布满整个猪肝，最后拿去蒸得刚刚熟，风干之后切片，就那么上桌，也把人吃得非干光整碟不能罢休。宿醉早晨，没有什么比喝猪内脏汤更佳，向街边小贩要了一碗猪肠汤，他用一个小锅，把清水一滚，抓一把切段的肠子扔进去，用筷子涮它一涮，再加把姜丝，下点盐和味精，即成。

喝完肚子舒服无比，上班去也。

　　大餐厅中更把猪腰炒得出神入化，有爆油炸鬼、海蜇，加点糖醋，马上起锅的。那些猪腰一点异味也没有，又加酸甜的刺激，是天下美味。这次去台湾，在下榻的丽晶酒店后面的林森北路上，听说有间叫高家庄的，专卖米苔目，消夜去试。所谓米苔目，不是南洋人认识的银针粉，而是像乌冬的长粉条，无甚吃头，但是发觉周围的客人都叫了一碟卤猪肠，也来一碟。进口感到肠中的膏味甚美，肠本身又软熟又香喷喷，才明白为什么客人吃上瘾。你听了怕怕？那是你的损失。胆固醇分两类：够胆吃下去的胆固醇，是好的胆固醇；又怕又不光明正大吃的胆固醇，是坏的胆固醇。台湾人那么爱吃，也吃不出毛病，你怕什么？

自杀

　　香港人学吃鱼生，都从鲑鱼开始。

　　上了瘾之后，无鲑鱼不欢。当今平均每天要吃掉三万公斤的鲑鱼，政府统计处数字显示，香港每年在鲑鱼上的花费是四亿港币。

　　我再三地呼吁：要吃鲑鱼刺身的话，一定要去可靠的寿司店，阿猫阿狗开的千万别去。其他鱼生，摆久了就变色，只有鲑鱼还是那么橙红，为什么？因为养鱼场给它们吃的饲料中加入了一种叫"角黄素"（canthaxanthin）的化学品，所以肉坏了也保持鲜红鲜黄。

本港的《食物内染色料规例》允许使用这种色素，说联合国粮农组织也认为吸取这种色素对健康不会造成影响。怎么可能？就算没影响，那么腐坏后产生的细菌呢？

欧盟食品安全局最近的研究结果：吸入过量"角黄素"的话，这种物质会积聚于视网膜，影响视力。开始禁止使用，今后由欧洲输入的鲑鱼，将由橙红色变为灰白色了。

我们还不知死，拼命吃，吃到眼睛盲了，已经太迟。起初的鲑鱼，九成是人工饲养。

很明白鱼生的诱惑，确实是美味。我们最先接触的是金枪鱼（maguro），因为日本人并不吃鲑鱼刺身。当年的金枪鱼都在日本捕捉，肉质佳，才好吃。现在的金枪鱼是在印度和西班牙抓到，运去日本再出口中国香港，它的种（类）不同，也没那么好吃了。

大家要是想学吃鱼生，那么从金枪鱼最肥美的肚腩（toro）开始好了。肚腩的话，不管是印度的还是西班牙的，都有水平。

当然，肚腩很贵，但要得到一种新口味，还是得由好东西开始。吃到坏的，印象差，就打开不了一个新的味觉世界。

吃了美好的肚腩，虽然贵，也有好处，就是不会去想到烧炭自杀。

而吃鲑鱼次货，等于自杀。

个性肉

有位读者传来电邮："同意你的说法，蛇肉吃起来像鸡。你有没有试过吃鳄鱼肉？它也像鸡。"

我回电邮："你说得对，鳄鱼肉吃起来的确也像鸡。为什么我们还要伤害那个可怜的家伙呢？"

第一次接触的鳄鱼肉，是爸爸的学生林润镐兄拿来的，妈妈有哮喘，镐兄是一个通天晓，说它可针对此症，从印度尼西亚找到一大块新鲜的鳄鱼尾巴来清炖。

汤妈妈喝了，那块白雪雪的肉由我们子女四人分享。

鸡还有点鸡味，鳄鱼肉连鳄鱼味也没有。不甘心，第一次去澳大利亚旅行，就在土族餐厅叫了一大块鳄鱼扒，不觉任何古怪，也留不下任何记忆。

这一类的肉，叫没个性肉。

邻居红烧猪肉，隔几条街都能闻到；家炊牛腩，也令人垂涎；羊肉那种膻味，吃了上瘾，愈膻愈好吃，都叫有个性肉，都好吃。

没有个性的肉，吃来干什么？

在澳大利亚也试过袋鼠和鸸鹋，同样吃不出什么味道来。一碟烧烤，三块肉，插上小旗，教你什么是鳄鱼、什么是袋鼠、什么是鸸鹋。把旗拔掉，满口是肉，但分不开是哪一种。

所谓的野味，其实都没有个性，要是那么香的话，人类早就学会养畜，野味也变成家畜家禽，不再珍贵。

鹅和鸭一般人吃不出有什么分别，但不要紧，都有独特的香味。兔肉也有个性，只是不好吃，所以流行不起来，很少人养兔来吃。

据说狗肉最香，猫最甜，猴子也不错，但为什么不吃？有灵性嘛。为了好吃而要杀它们，不忍心。

猪油万岁论

老友苏泽棠先生，读了八月十六日的《国际先驱论坛报》中一篇赞美猪油的文章，即刻剪下寄给我，说想不到"猪油万岁论"竟有洋人在纽约发表，中西互相辉映。

谢谢苏先生了。对于猪油的热爱，和许多老一辈的人一样，来自小时候吃的那碗猪油捞饭。在穷困的年代中，那碗东西是我们的山珍海味，后来生活环境好的孩子不懂，夏虫语冰。

在繁荣稳定的社会中，猪油已被视为剧毒，它是众病根源，活生生的胆固醇，一碰即死。也许是肥胖的猪给的印象吧。猪油真是没那么坏，相信我，我吃到现在已六十年，一点毛病也没有。

你坚持吃健康的植物油，我也不反对，我只是说植物油不香而已。

什么叫健康的油呢？任何油都不健康，要是吃得太多的话。

但一点油也没有，对身体只有害处。

经济转好的这二三十年来，餐厅所用的油几乎清一色是植物油。问侍者是否可以用猪油来炒一炒，即刻看到面有难色的讨厌表情："不，不，我们是不用猪油的。"

唉，好像走进了一间素菜馆。

吃植物油就那么安全吗？只吃植物油会促使体内过氧化物增加，与人体蛋白质结合，形成脂褐素，在器官中沉积，会使人衰老。此外，过氧化物增加还会影响人体对维生素的吸收，增加乳腺癌、结肠癌的发病率。

这是专家们供应的数据。我们常人，不知什么叫过氧化物，也不懂得什么叫脂褐素，但是长期食用植物油，老年斑就生得多，就是那么简单。

虽然我们不想再用专家术语来混淆各位对油的认识，但请容忍一下，要听一听关于脂肪的组织介绍。脂肪酸包括三类：一、饱和脂肪酸（动物油包含较多，在常温下会凝固）；二、多不饱和脂肪酸（植物油包含较多，在冬天也还是保持液体状态）；三、单不饱和脂肪酸（可以降低血液中有害的胆固醇）。这三种脂肪酸形成一个三角形，互相依靠，缺一不可。只有当体内三种脂肪酸的吸收量达到1：1：1的比例时，营养才完善。

如果饱和脂肪过多，像吃大量的猪油牛油，体内的胆固醇增高，高血压、冠心病、糖尿病跟着来。

要是多不饱和脂肪酸或单不饱和脂肪酸过多，像整天吃粟米油或所谓最好的橄榄油，在人体里面会产生过氧化物，有致癌的潜在作用，摄入过量，对身体不利。

任何一种油都不可能提供全面的营养。

但是，猪油是最香的，这不容置疑。至于饱和脂肪，牛油有66%，猪油只有41%。至于有用的抗胆固醇的单不饱和脂肪，猪油有47%，粟米油只有25%。

好了，我们看洋人把牛油大量地涂在面包上，吃西餐时，我们也照做，一点不怕，还觉得有点假洋鬼子的味道，这是什么天理？

吃斋时，厨子把蔬菜或豆腐皮炒得那么油腻，虽说花生油的饱和脂肪只有18%，而猪油有41%，但分量加倍的话，也等于在吃猪油呀！

简单来说，植物油对防高血压和心脏病确有帮助，但是，它们在烹调过程中容易产生化学变化，可以致癌。动物油较为稳定，致癌性较小。我们别着重一方面来吃，今天植物油，明天动物油，也很健康的。

最可怕的，应是经过提炼的植物油，美国已开始禁止。在美国超市中有许多所谓"处理"过的植物油，可以除去难闻的气味，还说能消除种子中有害物质，但这些处理过的油，有益的成分也处理掉，而在处理过程中，致癌可能性增高，非常危险。

有一个调查，集中了北京四十个一百岁以上的老人，问他们的饮食习惯。大多数寿星公都说喜欢吃红烧肉，而且几乎天天都吃。难道猪油是那么可怕吗？

做调查的人进一步实验，发现经过长时间文火烧出来的肉，脂肪含量低了一半，胆固醇也减了50%，对人体有益的多不饱和脂肪却大量增加。

吃惯猪油的人如果一下子全部改吃植物油或一点肥肉都不吃的话，长期低胆固醇导致食欲不振、伤口不易愈合、头发早白、牙齿脱落、骨质疏松、营养不良等毛病，那才可怕呢。

猪油对皮肤的润滑，确有好处，而且能保暖。小时候看游泳横渡英伦海峡的纪录片，参赛者都在身上涂上一层白白的东西，那就是猪油了。

在英国，最高贵的"淑女糕点"（lady cake），也用大量猪油；法国人的小酒吧中，有猪油渣送酒；墨西哥的菜市场里，有一张张的炸猪皮。猪油的香味，只有尝过的人才懂得，他们偷偷地笑："真好吃呀！真好吃呀！"

味精随想

味精，学名为谷氨酸钠（monosodium glutamate），英文简称为"MSG"，在中国厨艺界还有一个别名，叫它为"师傅"。这是一种能够增添食物鲜味，刺激味蕾的东西。府上食物中，多多少少都有一点味精，像我们煲的黄豆汤，感觉到甜，就是味精在起作用。

怎么制造的呢？最早期用海带提炼，产量少；中期由大豆和麸筋得来，也只有四分之一左右；后期大量生产，从蔗糖取得。过程十分复杂，并非一般人所能了解，要研究的话可先考取博士学位。

友人之中，有两个极端的反应：石琪兄对味精过敏，一吃后心跳加速，面红耳赤，口干舌燥；倪匡兄试了大叫好，自称他们江浙人吃味精长大，说非常可口。

有些人还说吃味精可以致癌呢，在二十世纪七八十年代争论尤甚，"中国餐厅症候群"更是令人生畏的一个名词。

到了一九九二年，美国医药食物管理局才正式发表味精对人体无害的结论。这一来，我们都可以放心食用，味精也得到它应得的地位。

当今，全球有二十个国家生产味精，年产量达到四十万吨了。但是为什么有人一碰就完蛋？这些人体质过敏，是无药可医的。像倪匡兄有一洋女婿，身材高大，是位国家潜水员，他来香港，只吃错了一粒花生，人即刻倒下，又怎么说呢？

我见过吃味精吃得最厉害的，就是四川人。他们爱吃辣喜啖麻，但一碰到略为咸的东西，大叫："咸死人也！"甜的也很受他们欢迎，尤其是"鲜"这个字，因为又麻又辣把他们的味蕾都杀死。遇到鲜，如获至宝，吃火锅时，先来一个碗，添一匙味精进去，再倒点汤，从此把鱼和肉烫熟后就往味精水中浸，吃个不亦乐乎。

未尝过味精的人，试了也会惊为天人。好友导演桂治洪，在美国的墨西哥人区开了一家薄饼店，生意滔滔，墨西哥人吃了他的薄饼感到十分甜美，皆因下大量味精之故。他说："薄饼吃完大为口渴，可乐又能卖得多了。"

我在墨西哥城拍电影时，住了一年，和尚袋中也藏了一瓶味精。和工作人员一块儿进食时，常撒一点在他们的食物上，大家都纷纷向我索取这瓶神奇的东西，我就是不给。

和倪匡兄一样，我对味精并不反感，生命之中也只试过一次味精中毒，那是在台北街头吃早餐的时候。久未到台湾，看到小贩卖的切仔面、鱿鱼羹、蚵仔面线等，每一摊都叫一碗来吃，那么多，只能吃一小口，刚好小贩在食物上都撒一茶匙味精，我吃得满口都是，结果心狂跳、头昏、口渴，差点到医院求救。

在日本生活那八年，也是每天接触到味精，他们的味噌汁，虽说是用柴鱼和昆布熬出，但主要的还是下了味精。

当今大家对味精疾恶如仇，但认为日本人的"出汁"（dashi）粉没问题，其实还不是味精做的。更有一些大厨，骄傲地宣布："我从来不用味精，只加鸡粉！"

鸡粉不是味精是什么？笨蛋！

家母刚去世，为老人家吃素，到了斋菜馆，吃到的东西都有味精，下味精的手势惯了，很难改的。

还是印度斋菜好吃，印度人不懂得用味精，在咖喱中下点糖算了。我做菜，也尽量学印度人，如果要鲜甜一点，就用糖了！

很多人吃方便面，看到那一小包粉末，即刻大叫味精而丢掉，结果泡出来的面淡出鸟来，一点也不好吃。我做方便面时，也把那包粉弃之，但我先用虾米或小江鱼干熬了汤，有了鲜甜，才能放弃"师傅"。

因为怕味精，很多人找出代用品，什么甘草汁、草菇汤等。更有人用甜菊叶，它很甜，可是被发现会致癌，结果不敢用之，但日本人不吃这一套，很多食物里都有甜菊叶，别以为他们的东西很安全。

其实，味精在1908年由日本人池田菊苗发明，历史并不长。从前的人要提起鲜味，用的是什么呢？答案最简单，用上汤呀。

什么叫上汤？一斤肉熬出一斤汤来，就是上汤了。通常大厨会用老母鸡来熬上汤，炒什么菜都加上几匙，如果你怕味精，那么照做也可。可惜当今的人都没有工夫，买包加乐牌鸡粉泡上汤好了，该死！

对味精敏感的人，我有一建议，那就是熬大豆汤了。买几斤大豆，也不要几个钱。洗干净后，用一大锅水煮三四个钟，剩下汤汁可以用玻璃罐装起来，放进冰箱，做任何菜都可以加点进去，一定甜美，味精也是由大豆提炼出来的呀。

味精，日本人通称"味之素"，有个小故事：最早的味之素用铁罐装着，备有一挖耳勺般的小匙，只下一点，那么一大罐可用很久，销路不佳。最后有一个职员把那胡椒瓶似的容器洞开大几倍，一撒就是很多，结果生意额增加，这个人被升为该公司的经理。

我曾经问过味之素公司有没有这一回事，得到的官方回复是："没听过。"

酱油

对于酱油，我有一种痴恋。厨房里，各种各样，有数十瓶之多。

小时候常跟父亲到他最好的友人许统道先生家中吃饭，最记得的是，一桌人坐下，菜未上，已闻到酱油的香味。

那是最醇正的生晒酱油，至今一直追求那种味道，未果。

也喜欢福建人做的，叫为酱青的酱油，街边小贩用的多是，味道原始，豆味极重，也不断在找，还亲自到厦门尝试，吃不到。

来到香港，才知道酱油叫为生抽和老抽，这只是广东人独有的名称，说给外地人听，是不懂得的，他们只分浓的或淡的罢了。

去了日本，发现清一色的都是"万字"牌制造的酱油，味道还好，煮起红烧肉来不会产生酸味，只是香味并不突出。多属生抽类，像我们老抽的，则叫"溜"，用来点刺身。喜欢用的是"万字"牌出品的旅行装，长方形的小胶袋，一包包很方便携带，到了外国吃早餐时，拿出来撕开淋在炒鸡蛋上，邻桌的东方游客好不羡慕。

台湾出品的酱油，最标青（出众）的是"西螺荫油"，浓似浆，蘸猪肺捆那部分的肉，最佳。民生公司也制造"壶底油精"，像Tabasco那么小小的一瓶，加了甘草，吃起来带甜，也很特别。

香港"颐和园"生产了"御品酱油"，一小瓶要卖到一百多块，相当的香浓，但不是我小时候吃过的味道。

前一阵子去了"杨氏肉骨茶"，试过他们由马来西亚运来的酱油，有点像了，老板装在矿泉水瓶中送了我，珍之。

"李锦记"生产的酱料，一向较为大路，普及众人。最近推出的"双璜生抽"走高级路线，成绩斐然。其实这家公司的商品已卖到全球，多一些这种高档次的，摆在巴黎或纽约的名食品店里，广告费投资在擦光招牌中，无往不利。

大蒜情人

如果食物中少了大蒜，是多么大的一个损失。要是不会欣赏大蒜，那和不懂得喝酒一样，是一个没有颜色的人生。

我一热锅，撒把蒜茸在油上，空气已充满蒜味，大师傅形象即刻出现。人们用羡慕的眼光看我："你炒的菜，怎么那么香？"任何一种形式的大蒜吃法，我都能欣赏。首先是生吃。一瓣瓣细嚼，那阵燃烧喉咙的感觉，岂是山葵（wasabi）能够匹敌？大蒜炸后炆肥猪肉、炆鳗鱼等，都是天下美味，就算是炆很素很素的菠菜，也变成了荤。炒螃蟹更少不了蒜茸，日本人最怕大蒜味，但是他们的铁板烧，没有了蒜片，怎么做也做不好。吃白切肉时，酱料中加了蒜茸,连无辣不欢的四川人也能满足。台湾菜有酱油膏,用来蘸猪肺捆或者绿竹,也非加蒜茸不可。

问题出在大蒜的臭味,吃完之后喷出来的,比沙林毒气还要致命。这都是相对的,没有臭就显不出香,蒜头是先香后臭,榴梿则是先臭后香。都是王者。为旁人着想,我每次看到蒜头食物,都犹豫一阵子,吃还是不吃?吃了有什么办法除臭?相传是喝牛奶、浓茶,但都是道听途说,没有用的,如果谁能发明除大蒜臭法,即可得诺贝尔奖奖金。无臭大蒜,种是种了出来,这简直是亵渎神明,像没有生殖器的动物。

最后的解决方法:到韩国去吧!一踏入韩国,大蒜味已在空中飘浮,几乎没有一种食物不含大蒜,再也不必避忌。我们爱韩国女朋友爱到死,和爱大蒜一样。蒜痴同党,一齐上路,到大蒜天堂去!

豆芽颂

石琪兄喜欢吃黄豆大豆芽,我却独钟绿豆小豆芽。蔬菜之中,唯有它百吃不厌。

从小就爱吃豆芽,总是用筷子夹了一大堆下饭。爸妈看了,笑骂说:"简直是担草入城门。"

方便面里,加些豆芽,我已经觉得很满足。豆芽的烹调法也可以谈个没完没了,清炒最妙,用油爆香大蒜瓣后炒几下,半生不熟时，加点鱼露几滴绍兴酒，不下味精也香甜，比什么大鱼大肉好。

佐以韭菜、鲜鱿、猪肉、牛肉，或任何一种其他的食物，豆芽都能适应，它是性情很随和的东西。

有了余暇，一面看录像带一面拣豆芽也是一件大乐事，把它的头和尾摘下扔在一旁，中间部分用盘子盛着，堆成一堆，像白雪，还时以"银芽"来形容，更是切题。

谈到摘头摘尾，有个朋友发明了一个理论，那便是把绿豆撒在麻布袋上，加水发芽后由麻布中长出，用刀子将头尾刮去，剩下来的便是完美的豆芽。这办法只听说过，没有看到它实践。

有一天发起神经，学古代御厨，用尖刀把豆芽挖心，酿上切成幼丝的火腿精肉，结果炒后都掉了出来，白费心机。

豆芽性情高傲，水质不佳者养出来的都是干干瘪瘪，南洋一带的便是如此。用蓄水池的水生产的也不够肥胖。

最好的豆芽要以清澈的井水或山泉养之。

现在国人也爱吃豆芽，他们将它煮熟了掺入沙律。

美国人把一种袖珍绿豆培养出头发样的豆芽生吃，我试过扔在汤中，味道不错。

日本人不知在水里加了什么维生素之类的东西，豆芽肥白得像婴儿的手指，即刻想吻，但并不香甜。

泰国人生吃，点以飞蛾酱，又腥又辣，又是另一境界。

不要轻视豆芽价钱低微，不登大雅之堂。宴席上的鱼翅，也要它来帮助，才能衬托出更好的滋味。

蔬菜王者，豆芽也。

啤酒颂

大暑，喝冰凉的啤酒固然是一大乐事；天冷饮之，又是另一番味。寒冻下，皮肤欲凝，但内脏火烫，一大杯啤酒灌下，噬的一声，其味道美得不能用文字来形容。

啤酒的制造过程相信大家都熟悉：将麦芽浸湿，让它发酵后晒干，舂碎之加滚水泡之，取其糖液渗酵母酿成酒，最后加蛇麻子所结之毬果以添苦味，发酵过程养出二氧化碳之气泡。有一天，我一定要自己试试。

世界各国都在酿啤酒，好坏分别在各地的水。水质不好，便永远做不好啤酒，东南亚一带，就有这个毛病。美国是一个例外，它的水甘甜，但是永远酿不了好啤酒，可能跟美国人不择食的习惯有关。

气氛最好的是在德国的地窖啤酒厅，数百人一齐狂饮，杯子大得要用双手才能捧起，高歌《学生王子》中的"饮、饮、饮"。

或是静下来一边喝一边唱一曲哀怨的《莉莉玛莲》。

英国的古典式酒吧，客人两肘搁在柜台上，一脚踏在铁栏，高谈阔论地喝着"苦啤"，它颜色棕黑，甜、淡，很容易下喉，一连饮十几大杯子不当一回事。

法国人不大会喝啤酒，他们只爱红白酒和白兰地，越南人跟他们学的三三牌啤，淡而无味。

酒精最强的应是泰国"星哈"和"亚米力"，比例与日本清酒一样高。一次和日本人在曼谷，各饮三大瓶，他有点飘飘然，问说这酒怎么这么强，我说你已经喝了一点八公升的一巨瓶日本酒了，他一听，腰似断成两节，爬不起身来。

韩国人极喜欢喝啤酒，是因为他们民族性子刚烈，大饮大食，什么都要靠量来衡量，最流行的牌子是OB，只有他们把啤酒叫成麦酒，我认为这是一个很恰当的称呼。

啤酒绝不能像白兰地那么慢慢地喝，一定要豪爽地一口干掉。三两个好友，剥剥花生，叙叙旧，喝个两打大瓶的，兴高采烈，是多么写意！唯一不好的是要多上洗手间。

饮酒是人生一乐，醉后闹事的人就不是喝酒而是被酒喝了。

涮羊肉

下榻的"香格里拉"离北京机场，晚上不塞车，二十多分钟就能抵达。

这是北京第一间五星级的酒店，已老旧，但房间装修得干净舒服，还是能保持一哥的位置。看表，已是八点多钟。

电视台请金庸先生吃晚饭，我也跟着去，来到北京，当然是吃涮羊肉，他们说，"能仁居"水准已低落，不如去它隔壁的一家。

凉菜有切丝的心里美，是一种外绿内粉红的萝卜，这里做的是切成丝上桌，不过加了糖，颜色也染得很红，有点恐怖。倒是一碟黑漆漆糊状的东西较为特别，那是用黑豆磨完豆浆后的渣滓，搅成糊再炒过的，我没吃过，虽然不是什么天下美味，也觉新奇。

以为先来很多种作料自己下手搅酱，原来只有芝麻腐乳酱独沽一味，加上葱花和芫荽茸罢了，电视台的人说这才是老北京的吃法，我本来要问至少有点酱油吧？但也收声。

羊肉是冰冻后用机器削薄，卷了起来一条条像蛋卷的，都是瘦肉，涮后入口，有如嚼木屑，也像吃发泡胶。

另一种自称不经冷冻的生切羊肉较为可口，却是瘦得离谱，只有不客气地请主人要了一碟净肥的，上桌时已闻到膻味，打了边炉更膻，我很习惯这种羊膻味，也觉过分了一点。

其他有冰豆腐、白菜和粉丝等，肚子饿了，猛往口中塞。

"好吃吗？好吃吗？"电视台的人拼命问我，我没出声，但说什么也点不下头来。

"'能仁居'是家老铺子了，烂船至少有三斤铁吧？"我最后说。

鸭王

上一次来北京，试过一家叫"满福楼"的涮羊肉，羊腿是当天早上从新疆运来，新鲜切出，和冷冻的相去甚远，非常美味，这次又带查先生夫妇去了，他们也吃得很满意。

走进店里，有一股刺眼的感觉，原来是燃烧酒精造成。这里一人一个锅，下面烧酒精。看到每一桌都点着一支红蜡烛，也不是为了情调，问女侍者，才知道点蜡烛的话，可以把酒精气消除，真是活到老学到老。

如果在此要吃烤鸭，北京老饕都会向你说："别去'全聚德'，当今有一家更好，是个体户开的，叫'鸭王'。"

"鸭王"的总店开在朝阳区，往机场的顺道，在一个主题公园的旁边。

看菜单，除了烤鸭之外，卖的有咸菜猪肚汤、卤水鹅等，显然是潮州菜式，这个地区又叫朝阳，是否是潮州人来打的天下？

这里高朋满座，又有很多人排队等位，生意滔滔，名字响当当之故。

没有理由吃潮州东西，要了京葱牛肉等，味道普通，还是那碟五香花生米有水准。

一只烤鸭三吃，皮是脆的，但没有想象中那么精彩，肉炒蒜头，汤很淡。著名的"鸭王"，称不上王。如果只是此般水准，那么国营的"全聚德"一定差到天边去了。

一面吃，一面聊起香港的"鹿鸣春"，那里的烤鸭，绝对比"鸭王"还要出色，鸡煲翅也是一绝，三四十年前还有"远东"等餐厅做得好，当今只剩这么一家不叫人失望。还有炸双冬、肉末烧饼等名菜，上次招呼北京来的友人，都赞不绝口，后来和金庸先生谈起该店的猪蹄髈，是焖后再炸的，油已走光，香喷喷上桌，听得大家都口水直流。

土笋冻

因为沙虫听起来恐怖，福建人就叫它为"土笋"。土笋冻是由一位地地道道的福建人林辉煌教我吃的。

林辉煌由武师出身，后来也当过导演，是已故傅声的好友。傅声在邵氏片厂有个宿舍，就在我家对面，让给了林辉煌住，我们变成天天见面的老友。

闲聊时他告诉我土笋冻是多么美味，我好奇听着。他有一次返厦门老家，买了一个阔口的保暖壶放进土笋冻，加上冰块，带回来让我尝试。土笋冻好吃的地方在于它的啫喱型的黏液。林辉煌一路担心溶解，好在到了香港还是保持原状，我感动不已。味道的确鲜美。但即使难吃，我也会爱上的。

吃东西就是那么奇怪，加上了感情，完全不同，食的文化也由此产生。

到了餐厅，第一个入眼的就是土笋冻，即刻要一碟。厦门天气和香港相同，十月尾还很热，又叫一瓶青岛生啤酒送之。

青岛在当地生产，名字一样，也浓郁不清。

鲍鱼龙虾等在香港常食，要吃当地的鱼，有道叫"鸦片鱼头"的菜，即刻试，但平平无奇。

要了一条薄饼，也没有福建家庭做得好。

福建炒面在福建吃，总不会走样吧？天哪，不如台湾人，也不如新马炒得好。

蒸鲳鱼是福建名菜之一，和潮州做法不同，要了一尾酱油煮的，就十分精彩。

所谓酱油煮是用豉油煮而已，颜色褐黑，还有福建菜脯（萝卜干）增加味道，又有葱段和大蒜，味浓郁，任何鱼用这种煮法烧出来都好吃，所以不必叫太贵的鱼种，否则浪费，当地产的小鱼，像我们的慈鱼或沙尖，已经很不错，是不是游水已经不要紧，你到了福建绝对要试试。

辑四　到世界去吃

水

从小，我就没喝过由水龙头流出来的水。

首先，是蓄水池的水不够干净；其次，喉管老化生锈，流出黄泥颜色的水来。记得奶妈要缝一小布袋，绑在喉口，一两星期后变色，马上得换新的。

就算过滤，大人也不让我们喝，一定要煲过，等水凉后装入玻璃瓶中，再用个杯盖之。玻璃瓶用久了，底部的沉淀物愈来愈多，有时还会长出些幼毛来，当今想起十分恐怖，但当年大人说不要紧的。

这种情形之下的水哪里讲得上好喝，口渴了不是喝可乐，就学爸爸饮工夫茶。家父对沏茶水的要求是极高的，一大早就要叫我们四个儿女到花园中采集露水，忙个半天，也收不到一杯半瓶。

一直不知清水的味道，直到去了日本。小公寓房中连雪柜也没买，一开水喉，流出来的水是冰凉的，清澈无比，喝出带甜的味道来。

"这是什么水？"问人。

"地下水呀。"回答道。

地下水，原来是大地上的水渗透到地底下，经沙石和火山岩过滤，蓄在地下的一个空间，人们再放一条管下去把水抽出来，就是地下水。如果附近有火山加热，那么喷出来的，就是温泉了。

当年还不觉得浪费，买了水果就放在水龙头下冲，冲久了苹果葡萄都变得冰凉，更好吃，大家都那么做，就不知道节省用水了。半世纪下来，东京的地下水被抽光了，大家只有买瓶装水来喝。

在香港定居后，最早买的是崂山矿泉水，有咸的也有淡的，这广告词句，相信很多老香港会记得。一箱箱地买，由裕华百货送来。

为什么知道崂山水好喝？大醉之后，醒来，喝口煮沸过放凉的水，和喝一口矿泉水，就明白前者一点味道也没有，而后者是甘甜的。

大地的水已受污染，从此和矿泉水结下不尽的缘，走到哪里，都要买来喝之。而瓶装的所谓蒸馏水呢，最讨厌了，不但毫无味道，而且什么物质都被蒸馏滤光，拿来浇花，花也会死去的。

崂山矿泉大概也被抽得干枯了，产品很难买得到，用什么代替呢？只有随处都能购入的 Evian 了。它的确润滑带有甜味，和其他矿泉水一比，即刻喝出分别，像同样是法国产的 Volvic，就平淡得多，也喝不出甜味。

在外国旅行时，西餐腻而生厌，只有喝有汽的矿泉水来解闷，喝的最贵的是法国 Perrier，被美国加州人捧为水中之香槟。好喝吗？一点也不好喝，尤其是加了柠檬味的，各位不信，可与崂山的有汽矿泉水一比，就知输赢。

说到有汽矿泉水，首选还是意大利的 San Pellegrino，它让客人一喝就有满足感，是别的有汽矿泉水中找不到的。去到法国餐厅，叫一瓶有汽的水，摆架子而无实际的会给你 Perrier。但真正好的餐厅，对意大利的还是俯首称臣，一定会给你 San Pellegrino，你走进一间法国餐厅，看他给你这一瓶，就是信心的保证了。

在欧洲的食肆一叫水，侍者即会问："Con gas? Sin gas?" 那就是有汽和无汽之分。如果不想混淆，没有汽的叫 spring water，有汽的叫 sparking 好了，就不会弄错。

在亚洲喝矿泉水，除了日本的，都不十分可靠，有的还是用自来水来装扮的呢。我劝诸君，还是喝啤酒稳当，要不就来瓶可乐吧。

日本是例外，政府的检测严格，绝对不允许商家乱来，各种矿泉水都有一定的水平。至于哪种最好，我有一群专门研究喝茶的朋友，试过几乎所有的瓶装矿泉水，都一致认为北海道的"秘水"是天下第一。

当今韩国饮食崛起，市面出现了不少优质的矿泉水，如韩国蔚山广域市蔚洙郡的思帕光，韩国深海的舒尔海洋深层水，等等。试过了，对不起，虽然我是韩国大粉丝，也不觉得有什么特别。

反而是很容易买到的斐济维提岛的Fiji好喝，天涯海角的产品，没有受到太多的污染，信得过。

友人住加拿大，说冰川的矿泉水大把，又是几亿年的冰块融解的，等等，问说有没有兴趣做代理，有不断的货源可以供应。我即刻摇头拒绝。

要知道，生产一种矿泉水的资本是庞大的。不是水值不值钱的问题，是需要一大商业机构来大力推广，所花的广告费是惊人的。一旦可以进入市场，又受资金被压住的风险，有很多百货公司会大量地取货，但交不出钱来。

喝威士忌，如果不是单一麦芽的，混合威士忌是可以加冰掺水的，那更要一瓶好矿泉水了，不然浪费掉整瓶酒了。就算是单一麦芽的佳酿，也可以滴一两滴佳泉进去，让气味打开。卖威士忌的地方会给你一个吸管，像小时喝药水的那种，把一头的橡皮球一按，就能吸出几滴来，甚是好玩。

活在当下，什么都可以省，水不能省吧？趁还能在地下挖出干净的水，多花一点钱，买瓶信得过的水吧！

求精

地球上那么多国家，有那么多的食物，算也算不完。大致上，我们只可分为两大类：东方的和西方的，也等于是吃米饭的和吃面包的。

"你喜欢哪一种，中菜或西餐？"

这个问题，已不是问题，你在哪里出生，吃惯了什么，就喜欢什么，没得争拗，也不需要争拗。

就算中菜千变万化，三百六十五日，天天有不同的菜肴，但不管你是多么爱吃中菜的西方人，连续五顿之后，总想锯块牛扒，吃片面包。同样，我们在法国旅行，尽管生蚝多么鲜美，黑松菌鹅肝酱多么珍贵，吃得几天之后总会想："有一碗白米饭多好！"

我们不能以自己的口味来贬低别人的饮食文化，只要不是太过穷困的地方，都能找到美食。而懂得怎么去发掘与享受这些异国的特色，才是作为一个国际人的基础。拼命找本国食物的人，不习惯任何其他味觉的人，都是一些可怜的人。他们不适合旅行，只能在自己的国土终老。

人有能力改变生涯，但他无法决定自己的出身。我很庆幸长于东方，在科技或思想自由度上也许赶不上欧美，但是对于味觉，自感比西方人丰富得多。

当然，我不会因为中国人吃尽熊掌或猴子脑而感到骄傲，但在最基本的饮食文化方面，东方的确比西方高出许多。

举一个例子，我们所谓的三菜一汤，就没有吃个沙律、切块牛扒那么单调。

法国也有十几道菜的大餐，但总是一样吃完再吃下一样，不像东方人把不同的菜肴摆在眼前任选喜恶那么自由自在。圆桌上进食，也比在长桌上只能和左右及对面人交谈来得融洽。

说到海鲜，我们祖先发明的清蒸，是最能保持原汁原味的烹调法。西方人只懂得烧、煮和煎炸，很少看他们蒸出鱼虾蟹来。

至于肉类和蔬菜，生炒这个方法在近年来才被西方发现，stir-fried 这字眼从前没见过。我们的铁锅，广东人称为"镬"，他们的字典中没有这个器具，后来才以洋音 wok 安上去的，根本还谈不到研究南方人的"镬气"，北方人的"火候"。

炖，西方人说成双煮（double boiled），鲜为用之。所以他们的汤，除了 consume 之外，很少是清澈的。

拥有这些技巧之后，有时看西方的烹调节目，未免不同意他们的煮法。像煎一块鱼，还要用支汤匙慢慢翻转，未上桌已经不热。又凡遇到海鲜，一定要挤大量的柠檬汁辟腥等，就看不惯了。

但东方人自以为饮食文化悠久和高深，就不接触西方食材，眼光也太过狭小。最普通的奶酪芝士，不能接受就是不能接受，这是多么大的一种损失！学会了吃芝士，你就会打开另一个味觉的世界,享之不尽。喜欢他们的鱼子酱、面包和红酒,又是另外的世界。

看不起西方饮食的人,是近视的。这也和他们不旅行有关,没吃过人家好的东西,怎知他们多么会享受?

据调查,香港的食肆之中,结业最快的是西餐厅,这与接触得少有极大的关系。以为他们只会锯扒,只会烟熏鲑鱼,只会烤羊鞍,来来去去,都是做这些给客人吃,当然要执笠了。

中国人的毛病出在学会而不求精。一代又一代的饮食文化流传了下来,但从没有什么大突破。"文化大革命"那段时间,来了一个断层,后来又因广东菜的卖贵货而普及,本身的基础,已开始动摇。

模仿西餐时,又只得一个外形,没有精髓。远的不说,近邻越南煮的河粉,汤底是多么重要!有一家店也卖河粉,问我意见,我试了觉得不行,建议他们向墨尔本的"勇记"学习,但怎么也听不进去。这家店的收入还是不错,如果能学到"勇记"的一半,就能以河粉一味著名,更上一层楼了。

我对日本人的坏处多方抨击,但对他们在饮食上精益求精的精神倒是十分赞同。像一碗拉面,三四十年前只是酱油加味精的汤底,到现在百花齐放,影响到外国的行业,这也是从中国的汤面开始研究出来的。

西方和东方的烹调,结合起来一点问题也没有,错在两方面的基本功都掌握得不好,又不研究和采纳人家成功的经验,结果怎么搞，都是四不像，fusion变成confusion了。

一般的茶餐厅，也是做得最好吃那家生意最好。要开一家最好的，在食材上也非得不惜工本不可。香港的日本料理，连最基本的日本米也不肯用，只以什么"樱城"牌的美国米代替，怎么高级也高级不来。米饭一碗，成本才多少，怎么不去想一想？

掌握了蒸、炖和煮、炒的技巧，加入西方人熟悉的食材，在外国开餐厅绝对行，就算炒一两种小菜给友人吃，也是乐事。别以为我们的虾生猛，地中海里面头都黑掉的虾比我们游水的肥美得多，用青瓜、冬菜和粉丝来半煎煮，一定好吃。欧洲人吃牛扒，也会用许多酱料来烧烤，再加上牛骨髓，更是精细。我们用韩国腌制牛肉的方法生炒，再以蒜茸爆香骨髓，西方人也会欣赏。戏法人人会变，求精罢了。

比较

有许多人喜欢问我："你吃过那么多地方的菜，哪一个国家的最好吃？"

我总是一下子回答不出，并非不知答案，只是怕重复太多遍了，想想还可以用什么其他方式来向对方交代，也能满足自己。

例牌的回复有："和朋友一齐吃的菜，最好吃了。"这种说法，自己觉得愚蠢，怎么骗得了别人？ 只有兜圈子："世界各国，去得最少的是内地，有许多省份的菜我都没试过，比较不出。"

"那么以你去过的地方为准，到底是哪一个国家的最好？"朋友不放过我。

"中国和法国。"我说。

对方又做出一个"这是理所当然的答案"的表情，觉得我在敷衍他们。

"那么中国和法国，谁比谁更好？"非打破砂锅不可。

"各有各的好。"我又直接地回答。

爱国心爆棚的对方大怒："当然是中国菜比法国菜好吃，还用得着讲吗？"

既然有自己的答案嘛，还要问我干什么？

"意大利菜不好吗？我觉得意大利菜比法国菜好吃得多。"对方又说。

我不否认意大利菜是好吃的，就和不否认日本菜好吃一样。但是意大利菜和日本菜吃来吃去都是那几样，到底变化没有中国菜和法国菜那么多。

一个国家，要有肥沃的土壤和丰富的农产品，才产生吃的文化。

中国菜好吃，局限于江南和珠江三角洲，其他地方的菜，还是粗糙的；法国地方小，整个国家山清水秀，各地菜式都不错。法国人是环境造成他们爱吃，中国人是生下来就爱吃，差就差在这儿。

死前必食

在书店看到一本叫《死前必游一千地》（*1000 Places to See Before You Die*）的书，引起我写这篇《死前必食》的散文。

人生做的事，没有比吃的次数更多。刷牙洗脸，一天最多两次，吃总要三餐。性爱和吃一比，更是少得可怜。

除非你对食物一点兴趣也没有，好吃的人算他有五十年懂得欣赏，早上两个菜，中午五个，晚上十个，十七道乘三百六十五，再乘五十，是个天文数字。

这么多种食物之中，要谈的何止一千种？我根本不能想象天下有多少种美食，几世人也绝对吃不完，只能在我的记忆中找出几个。怕杂乱无章，先以鱼、贝、菜、肉、果、豆、藻、谷、芋、香、卵、茸、实、面、腌、酪、泡为顺次。

鱼的种类无数，但是一生人非试不可的是河豚。当今有人通过研究养殖出没有毒的河豚，怕死可以由此着手。吃着吃着，你就会追求剧毒的。那种甜美，是不能以文字形容的，非自己尝试不可。曾经有个出名的日本歌舞剧演员吃河豚被毒死了，但死时是笑着的。

贝壳类之中，鲍鱼必食，它的肠最佳。潮州人做的炭烧响螺也是一绝，片成薄片，入嘴即化。龙虾之中，有幸尝过香港本地的，那么你就不会去吃澳大利亚或波士顿龙虾了。

菜类之中，豆芽为首。法国的白芦笋不吃死不瞑目。小白菜（chicory）带苦，也是人生滋味之一。西湖莼菜很滑。各种腌制的萝卜之中，插在酒糟内泡的bettara tsuke甜入心，百吃不厌。

肉只有羊了。没有一个懂得吃的人不欣赏羊肉。古人说得好，女子不骚，羊不膻，皆无味。南斯拉夫的农田中，用稻草煨烤了一整天的羊，天下绝品。

果以榴梿称王。日本冈山县的水蜜桃不容错过。

豆类制成品的豆腐菜，以四川麻婆豆腐为代表，每家人做的麻婆豆腐都不同。一生之中，一定要去原产地四川吃一次，才知什么叫豆腐。

藻类可食冲绳岛的水云，会长寿，冲绳岛人皆高龄，有此为证。用醋腌制得好的话，很好吃。

谷类之中，白米最佳，一碗猪油捞饭，吃了感激流泪。什么？你不敢吃猪油？那么死吧！没得救的。

芋头吃法，莫过于潮州人的反沙芋，松化甜美。芋泥更要磨得细，用一个削了皮的南瓜盛着，再去炖熟。当今还剩下几位老师傅会做，不吃的话就快绝种了。

香代表香料，印度咖喱最好吃。咖喱鱼头固佳，咖喱螃蟹更好。在印度果阿做的咖喱蟹，是将蟹肉拆出来和咖喱煮成一团的，其香无比。

卵有千变万化的吃法，削法国黑松菌做奄姆烈（Omelette），死前必尝。至于完美的蛋，是将一个碟子抹上油，烧热，打一只蛋进去，烧到熟为止。每一个人对熟的程度，要求皆不同，不是餐厅可以吃到的，要自己做。

鱼子酱则要抓到巨大的鲟鱼，开肚后取出，下盐。太多盐死咸，太少盐会败坏。天下只有五六个伊朗人会腌制。吃鱼子酱，非吃伊朗的不可，俄国的不可相信。但也只有在伏尔加河畔，才能吃到生开出来的，盐自己加，一大口一大口送，人生享受，止于此。

乌鱼子则要选希腊岛上的，用蜡封住，最为美味，把日本、土耳其和中国台湾的，都比了下去。

茸有日本松茸，切成薄片在炭上烤，用的是备长炭，火力才够猛够稳定，又不生烟。松茸只有日本的才香甜，韩国、中国的都不行。

意大利的白菌，削几片在意粉上面，是完美的。

实的贵族是松子。当今到处可以买到，并不稀奇，好过吃花生一百倍。撒哈拉沙漠中的蜜枣，也是一流的。

面则以私人口味为重，认为福建炒面为好。在福建已吃不到，只有吉隆坡茨厂街中的"金莲记"炒得最佳。为此去吉隆坡一趟，值回票价。

腌则以火腿为代表。金华火腿中的肥瘦部分，一小块可以片成四百片，香港的"华丰"烧腊店中可以买到。意大利的帕尔马火腿生吃，最好是给意大利乡下佬请客，一张餐桌，坐在果树下，火腿端来，伸手去摘头上的水果一齐吃，才是味道。至于西班牙的黑豚火腿，不能片来吃，一定是切成丁，在巴塞罗那吃，就是这种切法。

酪是芝士，在意大利北部的原野上，草被海水浸过，带咸，羊吃了，生咸乳汁，再做出来的芝士，吃得过。

泡是泡菜，以韩国人的金渍做得最好，天下最最好吃的金渍，则只能在朝鲜找到。他们将鱼肠、松子夹在白菜中，加大量蒜头和辣椒粉，揉过后放在一边。这时把一个巨大的二十世纪水晶梨挖心，将金渍塞入，雪中泡个数星期，即成。

要谈的话，再写十篇或数十篇数百篇都不够。天下美食，可写成一套像《不列颠百科全书》的辞典。尽量吃最好的，也不一定是最贵的，愈难找愈要去找。吃过之后，此生值矣，再也不必说死前要吃些什么，也不必忌讳"死死声"，你已经不怕死了。

开间什么餐厅？

开间什么餐厅？不如来家国际性的。卖些什么才好呢？

每一个国家都有自己的美食，但是你们吃得惯的，并非我所喜爱的，要找出一个共同点，得从诸多的菜式淘汰挑选出来，剩下的只有十几二十道，但都会被大家接受。

像香港最地道的云吞面吧，你去到任何国家的酒店，半夜叫东西来房间吃，都有这一道汤面。当然，在西方，更普遍的是三明治和意大利粉。

咖喱饭也很受欢迎，在胃口不好时，它是恩物。不过一般人都喜爱的，还是海南鸡饭，不然来碗喇沙（叻沙）也很不错。

最好，当然是越南粉了。

但是，在酒店里房间服务的餐永远不好吃。为什么？做得不正宗呀！当地师傅可能没出过门，也不知道什么叫沙爹或印度尼西亚炒饭，反正总厨叫做什么就做什么，有一条方呀，流水作业罢了。

要做得出色，必须由一个真正了解各国饮食文化的人来当质量管理。每一种菜，用的是什么食材，不能马虎，连酱米油盐，都得从原产地运来，不这么一点一滴坚持，就走味了。

持有一个原则，那就是连原产地的人来吃，也觉得好。

先从云吞面说起，云吞不可太大粒，也不能尽是虾，猪肉的肥瘦恰到好处，面条要选最高质量的爽脆银丝面，汤底要够浓，大地鱼味不可缺少。

用最原始的"细蓉"方式上桌，碗不太大，面小小一箸，云吞数粒垫底，加支调羹，让面浮在碗上。分量宁愿少，价钱卖得便宜也不要紧，吃不够可叫两碗，利润更高。

延伸下去，再卖虾子捞面，用上等虾子，也花不了太多本钱，撒满面面可也。又有牛腩，采取带肉皮的"坑腩"部分，煲至最软熟为止。

三明治的蛋、芝士或火腿，除了选上等货，分量还要多得溢出来，给客人一个不欺场的感觉，那么小的一块面包，包的食材不可能很多，要给足。

意大利粉当然用意大利的，按照说明书的时间去煮，不能迁就吃不惯的客人弄得太软，意大利人吃硬的，就要做硬的，西红柿酱、芝士、橄榄油和老醋，都要原产地进口。

海南鸡饭不可用冰鲜或冷冻鸡，要当天屠宰的，不然一看到骨髓黑色，即穿帮。鸡煮后把鸡油和汤拿去炊饭，不可太软熟，要每一粒米都见光泽。保持不去骨的传统，客人不在乎啃它一啃。浓酱油，用鸡油爆的辣椒酱和生姜磨出来的茸，都要按当地规矩去做。

喇沙分两种，新加坡式的和槟城式的。前者一定要加鲜蚶，椰浆要生磨，不可用罐头的；后者必用槟城虾头膏，酸子、菠萝和香叶不能缺少。

越南粉的汤底最重要，尽用牛骨熬是不行的，要加鸡骨才够甜。洋葱和香料大量，这是专门的学问，秘方可参考墨尔本的"勇记"。

咖喱则采取日本式的，这么多年来，他们把咖喱粉研究得出神入化，不是太辣，嗜辣者可另加，用上等的神户牛肉当料。

说到牛肉，其实了解货源，就知道成本并非很高。客人要吃牛肉，为什么不给他们最好的？

至于日本米，价钱即使比其他米贵，但白米饭能吃多少？应该用炊出来肥肥胖胖，每一粒都站着的米。用来做寿司也好，做最新鲜鱼虾铺满的chirasi sushi。

还供应多款的送饭小菜，成本高的可以卖，低的奉送好了，像蒜、葱。更有多种下酒的零食：沙爹、串烧（yakitori）、罗惹（Rojak）、春卷、虾片等。

一般老板都把利润打得高，但是如果把利润一部分花在食材上面，让客人满足，转台次数较多了，纯利不会减少。

餐厅内部，干净、大方、光猛（明亮），是最重要的，不必花钱在无聊的豪华的装修上面，桌面可以做成长形，像伦敦的Wagamama或国泰的商务舱候机楼那种设计。

桌面可改为大理石的，不必太厚，把灯藏入，光源从下面射上，非常柔和。大理石材用云南产的，成本不会太高。

每一条长桌前面或后面站着一位服务员，下单后，仔细观察客人的需要，用无线通话关照厨房人员奉上。

厨房方面，食材愈是高级，要求的厨技愈少，把处理的步骤拍成照片，钉在墙上，不会弄乱。主要是质量控制，不合格的不能上桌。久而久之，把年轻人操练熟了，就不必受师傅的气。

进货的要高手，分量算准了就不浪费，也容易控制，一份东西用多少斤菜和肉，不会流失。

研究了开餐厅多年，认为"平、亮、正"三个字，是永远不会错的，其中一字缺少，毛病就跑出来了，像贵货要卖贵价，以为理所当然，但也有客人吃不起的风险。东西好，价钱意外地便宜，才是正途。

一切计算完善，还是有风险，做任何生意都有风险，但是不做是不知道的。我常说："做，机会五十五十；不做，机会是零。你遇到一个美女，大胆前去搭讪，被拒绝最多是一个白眼。光看，让她走过，永远后悔。"

经营越南餐厅

香港人一从外国引进一种料理，就尽是些大路的玩意儿，绝不去钻研。

有的厨子，只学了几招，便开始混入中国菜的做法，基础没打好，就fusion了起来，更得打屁股了。

像西餐菜，我们只会烤烤牛扒，涂一层粉，焗个羊架，煎煎几片鹅肝，油浸只鸭腿罢了。你看，吃来吃去就那几味，不是枯燥得要命吗？

由于我们对越南的牛肉河粉发生了兴趣，越南餐厅势若春笋，一家开完了又一家，但又是犯了样板戏的毛病。只是春卷、粉卷、甘蔗虾、咖喱牛肉、烤大头虾、滨海米线圈、米纸包鲜虾等，一点新意也没有。

也不必等着你去创新，越南原有料理无数，等着你发现。如果要开一间越南餐厅，不是去那里走一圈就算数，住上两三个月，包你学会一些香港不常见的。

很难做吗？一点也不。最主要的，原料不可省，不能用本地货代替，非从当地输入不可。每天已至少有四班直航的飞机从胡志明市或河内飞来，购入那些原料，一定不会贵过日本刺身。但偏偏就不肯那么做，连最基本的鱼露，也要用廉价的泰国货来代替，一开始已经走了样。

做一道越南菜，先得从鱼露开始。原产的够浓，够腥，不太咸，这是越南料理的灵魂。每天吃，当然做得比中国、泰国和其他东南亚国家的好。接着就是摆在桌上那些鱼露浆（nuoc nam cham）了，一家越南餐厅，菜做得如何，先试一口鱼露浆就知道。做法应该是两份的鱼露、一份糖、一份白米醋和四份的水。但要做得出色，必须以柠檬或青柠汁代替白醋，而清水，则要改用新鲜的椰子水。鱼露浆要当天做，当天吃，隔一日没有问题，再放就变味，不管你是否放进冰箱里面。

香草更是不能马虎，最普通的香茅、金不换（罗勒）和薄荷叶用泰国的无妨，但是越南独有的毛翁（ngo om）和印度人用来包槟榔的（la lot），以及锯齿叶芫荽（rau mui tau），又叫烤蒂草的，则一定要输入。

吃春卷时没有鱼露浆，吃牛河时没有上述的香草，都不能算合格。

有了这个基础，我们可以开始做一些香港不常吃到的越南菜了。

首先，最简单不过的是一道蚬汤，用大只的蚬，浸它一天让它吐沙，水开了把拍碎的香茅放进去滚，下蚬，最后撒金不换叶和鱼露。待蚬壳打开，熄火，大功告成。这道汤非常惹味，嗜辣不嗜辣的人都会喜欢。

椰青水煮鱼。把生鱼煎一煎,下椰青去煮,加鱼露,可以迅速做成。如果用猪肉,则选半肥瘦的,下大量鱼露卤之。若嫌鱼露不够浓,可加虾膏,最后放椰青水。需时一个钟,肉才会柔软入味,此菜很能下饭,卤肉时可用一个砂煲,扮相更好。

果仁鸡或鸭。用这两种肉,去骨,下锅,爆香红葱头后把肉煎至金黄,加清水和鱼露滚之。待肉半熟,把花生或开心果磨碎加入,再煮至全熟,慢火收掉汤汁。加荔枝或龙眼肉,撒上芫荽即可上桌。

黄姜鱼。把黄姜(turmeric)舂碎榨汁,记得用手套,否则很难洗得脱颜色。鳗鱼或生鱼,铺粉炸它一炸。另用一个锅,加油,爆香,放切块的西红柿,煮至软熟,加鸡汤和鱼露,把鱼放入,熬成汤浆。有人会下芡粉令汤稠,但还是慢火的做法较佳。上桌时撒红辣椒丝、葱丝和芫荽。以这个做法,也可以不用西红柿,而是用全生的香蕉切片去煮,更能用生的大树菠萝,这么一来,就更有越南风味了。大家吃不出是什么食材,好奇心倒令此道菜珍贵。

莲藤(莲茎)沙律。莲藤也是其他料理罕见的食材,去掉外皮,切段后过一过滚水备用,另外把鲜虾煲熟,也备用。爆香红葱头,把炸过的花生磨碎,将以上材料混在一起,加鱼露和糖,淋上青柠汁。最后把芫荽、红辣椒丝铺上。不用虾,也可以灼熟鲜鱿代之,又可撒炸虾片碎和下大量的芝麻。另一个做法是用生大

树菠萝代之。生的大树菠萝去皮，剩下果肉和核。这时的核也不
会太硬，可食，用滚水煮熟，再切成长条拌之。又有用杧果、蟹肉
的变化，再可下煮熟后去水的粉丝，总之让你的想象力奔放就是。

田螺塞肉不只用在沪菜，越南料理也有同样的做法，剁螺肉、
猪肉，加粉丝、马蹄和黑木耳及虾米，塞入田螺壳后焗之煮之炸
之皆可。越南人比较有文化，将两枝香茅的细茎插在壳中，吃时
方便起肉。

甜品可以将香蕉和各类水果炸后用老椰浆煮之，也能将哈密
瓜磨浆后放进煮甜的粉丝，加上一片薄荷叶，加青柠和苏打，加
上酸梅，或简单地把切掉不用的香茅青茎部分打一个结，滚水冲
之，再加冰上，就没有冻咖啡或三色冰那么单调。

越南不远，把各种扎肉，像猪头肉肠、内脏肠等，以及做得极
好的鹅肝鸭肝酱直接每天送来，夹上面包，已是与众不同了。

名厨自杀

法国名厨卢瓦索，在家中被发现以来复枪自杀身亡。

卢瓦索五十二岁，出版过很多烹调书，创造革命性的"精髓
烹饪"，令到"味觉爆炸"，用他的名字出品速冻食物，收数家餐
厅，于一九九八年在巴黎上市，成为世界唯一一个拥有上市公司
的厨师。

报纸上分析他的死，是因为有一本权威的饮食杂志给分时给

了他十七分。

二十是满分，卢瓦索的餐厅本来有十九分，但最近被人家降低了两分，因此他蒙羞自杀。

天下竟有此种事吗？

也许会发生，法国人癫起来很疯狂的。

但一般老饕的推测是，他因为生意失败而走这条路。

因名誉而自杀的，多数是受传统束缚的人。忠于顾客，或献身给雇主，这种人才有重大的责任感，而有责任感的人，是脑筋四方，按本子办事的居多。

观察卢瓦索过去的业绩，什么"味觉爆炸"之类的菜，都不是自傲的名厨下得了手的，有身份的厨子多数默默耕耘，不太自我炫耀，公关手腕也没有那么厉害。

我也比较相信他是因生意失败而自杀的那个理论，但个人想法并不重要。想谈的是报道中提到另一位法国名厨，叫Vatel。

一六七一年，法国路易十四到乡下去玩，接待他的是一位王子。王子欠了农民们很多债，要是把皇帝弄得高兴，就能借钱还债，所以吩咐他的总厨要豪华奢侈地做三天三夜的佳肴来宴客。Vatel在第一天第二天都顺利完成他的任务，到了第三天，海中发生大浪，抓不到鱼，他想做海鲜宴做不成，自杀了。

Vatel拍成了电影，拍得很好，只是商业性不高，没在香港上映，真可惜。

妮格拉的噬嚼

许多著名的电视烹调节目，主持人都是男的。我最爱看的有 Floyd 那个老者，去到哪里煮到哪里，谦虚、幽默、有见地，非常出色。

Jamie Oliver 始终经验不足，虽然有点小聪明，但烧出来的菜不见得有什么惊奇，他目前已由《裸大厨》（*Naked Chef*）时的那个小孩子，变成一只大胖猪。

Anthony Bourdain 的《厨师之旅》（*A Cook's Tour*）很好看，什么都吃，但是旅游多过烧菜。他对自己的技艺似乎信心不大，很少看到他亲自下厨。

女主持中，最有经验的当然是朱儿童（Julie Child）了，但她又老又丑，节目谈不上色香味。

年轻的有 Kylie Kwong 的出现。她戴沈殿霞式的黑白框近视眼镜，身材也一样肥，经常皱着八字眉，并非美女。烧的菜很接近马来西亚的，也许是那边的华侨，已移居澳大利亚，说话带澳洲土腔，不是惹人喜欢的音调。

Discovery Channel（探索频道）中的《旅行与冒险》（*Travel & Adventure*），最近已改成《旅行与生活》（*Travel & Living*），成了烹调节目。除了上述几位主持之外，看到一个女的。这女人大眼睛，一头卷曲黑色长发，浓眉，皓齿，说话慢条斯理，讲非常浓厚的贵族英语。衣着入时，但从不暴露，隐藏魔鬼的身材，四十岁左右，像一颗成熟得快要剥脱的水蜜桃，散发着不可抗拒的引诱力。

说起讨厌的东西，表情带着轻蔑不屑，可以想象到她有一副母狗式的势利个性。这个女人，到底是谁？

上网，查Discovery数据，别的节目主持人名字都找到，关于她的欠奉（缺乏），已看得头晕眼花。

只有在 Google（谷歌）空格中再打入"TV cook show host"，出现了天下烹调节目的主持人。一个个查阅，也没有相熟的面孔。

正要放弃时，Bingo！照片里出现了一个名字：Nigella Lawson（妮格拉·劳森）。是她了！

用她的名字进入搜查器，乖乖，不得了，约有十三万九千个符合这个名字的网站。

见笑了，原来是在英国的名门，杂志编辑，很多本书的作者和最受欢迎的电视节目 *Nigella Bites* 的女主持。

"bite"这个英文名字用得很妙，可作小食、咬、剧痛、腐蚀、卡紧、锋利等解释。令人联想到的是夏娃叫亚当咬的那一口苹果，更贴切的是吸血鬼的噬嚼。女吸血鬼的身材永远是那么美好，相貌令人着迷。叫妮格拉·劳森来扮演，一点也不必化妆。

妮格拉出生于一九六〇年，大学在牛津专修中古及现代语言，毕业后开始在《星期日时报》写文章，后来成为文学版的副编辑，继续替各大报章和杂志撰稿，又于《观察家》(*Spectator*)和《时尚》(*Vogue*)写食评。

能平步青云，除了自己的本事之外，家庭背景也有关系。她的父亲Nigel Lawson是保守党曾经的第二号人物，戴卓尔夫人的左右手。母亲Vanessa Salmon是巨富之女，社交圈名人。

主持了电视烹调节目后，妮格拉风靡英国男女，节目更输出到美国，影迷无数。妮格拉烧菜的态度永远是一副懒洋洋相，从不量十分之一茶匙调味品。节目在她家中拍摄，她看见有什么新鲜的就煮什么，悠悠闲闲。烧到鱼时，她会说："到鱼贩那里，请他们将鱼鳞和内脏清洗干净，自己做这些琐碎事干什么！"

和其他女主持不同，妮格拉烧菜时从不穿围裙，也不会把长发束起，又高贵又有气质。她说："我不是一个大厨，我更没有受过专业训练。我的资格，是一个喜欢吃东西的人而已。"

她的第一本书叫《怎么吃：美食的喜悦和原则》(*How to Eat: Pleasure & Principles of Good Food*)，她在书中说："用最小的努力来得到最大的快乐。"

接着，她写了《怎么做家庭女神》来提高家庭主妇的地位，书卖百万册。

和著名的电视主持人John Diamond结了婚，生下一男一女。这个女人应该很幸福才对，但九年后，她丈夫得喉癌死去。她一直生活在癌症的阴影中：母亲四十岁死于肺癌，妹妹三十岁得乳腺癌去世。

一度又沮丧又发胖的她，将悲哀化为力量，愈吃愈好，愈好愈瘦，她现在身材丰满，但一点也不臃肿，如狼似虎的年华，发出野性的魅力。

"生命之中，总避免不了一些很恐怖的事发生在你身上。活着的话，不如活得快乐一点。"她说。

问她对食物的看法，她说："食物，是一种令你上瘾的毒药。"

今后制作烹调节目，最好找这种又聪明又性感的女人，怎么样，都好过看老太婆呀。网上可以找到很多她的照片，听英国友人说，有很多男士把她贴在厨房墙上，幻想自己的老婆是那个样子。

鸡饭酱油

这次去新加坡，有一个任务，那就是带一些酱油返港。

美食家 Annabel Jackson 要在外国记者俱乐部举行一个关于海南的讨论，要我参加。

"没有真正的酱油，怎么示范？"我问。

"那你就替我找来吧。"她说得容易，香港何处买？刚好趁这个机会由海南鸡饭发源地取得。

大家以为海南鸡饭出自海南岛，我去了才知道那里没有真正的鸡饭，更无真正香浓的酱油了。鸡饭，是海南老乡来到新加坡，想起他们小时吃的东西，根据他们的理想创造出来的，与海南岛无关。

最地道的新加坡海南鸡饭馆子叫"瑞记"，老板因儿子骑摩托车出事丧生，已没兴趣做下去，旧址所在那条街上开了一家"新瑞记"，味道不一样，与老的无关。

当今整个城市做得最像样的只剩下 Purvis Street 的老店"逸群"，每次去新加坡，必上门。

一早到了，见老板亲自出来开店，我向他要："请您卖一小瓶酱油给我。"

"都是一桶桶从工场直接运来的，分开装在酱油壶里，只摆在餐桌上，不卖的。"

忽然，从他蒙眬的眼中认出了我，展开笑容："送给你，可以。"

自从"瑞记"多年前关门后，我就一直光顾"逸群"，在专栏中也多加介绍，朋友一问起，我这个老牧童也遥指着它。

老板从柜子中拿出一桶，乖乖，不得了，至少有五公斤，塞在我手上。

真正的海南酱油制作艰难，都是日晒后由壶底取出，与一般的加面粉和糖的死甜不同，这份厚礼，怎么说也不能白收。

我坚持付钱，老板固执不许，推来推去，像君子国民。最后，拗不过他，珍重地当成手提行李，拿上飞机。大恩容后再报。

炸金鲤

数年前，我们三兄弟一块儿飞印度尼西亚游玩。抵达后直赴一个小公园，园中有个大湖，岸边搭着十数个以椰树叶为屋顶的凉亭。印度尼西亚地广，这小公园便是一家卖鱼的餐厅。客人可在亭中垂钓，捕获自己的午餐。但当地人怕被晒黑，都躲进有冷气的大餐室去。我们当然不肯放过大自然，赤足走入铺了草席的凉亭，围绕着小矮桌，坐在地上。

留着长发，皮肤浅黝，牙齿皓白的少女前来侍候，她不管我们要什么，先呈上啤酒。口渴死了，我们三人互敬，连干十几大瓶。侍女看着不同型的我们三个，一面倒酒一面吃笑，用当地话说不相信三人是兄弟。

略有醉意。她引我们到一小池塘，看到里面有百多条鲤鱼，少数是常见的全黑，多为金、红、白，或三色混合。天！这种在东京百货公司卖几十万日元一条的金鲤，竟在这里当普通的食物。虽然没有焚琴煮鹤那么严重，但总觉吃了可惜，这么美的东西。可是这里除了鱼便没有其他菜式，唯有各选一条。兄弟再去亭中饮酒，和侍女调情，我跑到厨房去见识见识。只见中间有个大锅，滚着油，大师傅把我们的三条鱼抓起，洗也不洗，肚也不剖，就那么活生生地扔进油锅，眨眼间用木盖封住，鲤鱼在锅中大跳，师傅死命按。再动一会儿，鱼就沉默了下来。

炸后捞起，风冷之，又回锅返炸。这么高的温度，什么细菌都炸死，怪不得不用净洁。这种烹调法又原始又复杂，我是指回锅那下散手。侍女把香喷喷的三条金鲤送到亭中桌上。另外给我们每人一个石臼，还有一大盘指天椒、芫荽、大蒜、小红葱、虾米、虾膏和各种香料。我们各自用小舂头将配料捣碎。

最后把青柠汁挤在鱼上，撕其肉蘸酱吃下，又酸又辣，胃被惊醒。只消一阵子，整条两斤重的大鱼便吃个干干净净，连骨头都吞下。满身大汗，动弹不得。这时凉风吹来，躺在席上，闻到草的幽香，呼呼入睡，做个翡翠龙虾当晚餐的梦。

土人餐

到欧洲拍戏时，觅空隙，叫朋友带我去吃土人餐。

朋友千方百计地找到一间小馆子，我们没有订位就匆忙赶去。哈，还是客满呢。

大家津津有味地吃着一条条的活树虫，样子像蚕，但颜色像发了绿霉的蛋黄，恐怖得很。我也要了一条试试，咬进嘴，啵的一声，汁液流出，好像在吞生猪肺，心中发毛，不敢再动手。

接着再试大甜蚁，我怕它先咬我的舌头，把蚁头用餐刀切断，吃它的身子，味道奇怪无比，吃完口中发麻，可能是蚁酸起了作用。快点喝面前的那杯白液，它是大树根磨出来的汁，土人在旱季的时候以此解渴，又苦又甘，但总算比中药可口。

　　烤大蜥蜴最精彩，热气上升的一大圈肉放碟子上，看起来是蜥蜴肚子的那部分。用手撕出一条肉尝尝，硬过鱼肉，但比任何牛排羊排都要软熟，有一阵幽幽的清香，是肉类中的上品。

　　最后的甜品是从来没有看过的生果，有的黄，有的红，上面有细刺，原来是仙人掌的果实。咬了一口，才知道中间有一颗颗的硬果子，想吐出来嫌麻烦，就吞了下去，第二天好像放子弹似的拉出，锵锵作响。

法式田鸡腿

　　在法国南部吃了田鸡腿，念念不忘。

　　回到香港去了几家法国餐厅，均不满意，不是那个味道，唯有自己炮制。参考了许多法国菜谱，包括 Julia Child 写的 *Mastering the Art of French Cooking*，不得要领，只能凭记忆和想象重创。

　　到九龙城街市，走过那档卖田鸡的，看到的不是很大。田鸡最肥大的来自印度尼西亚，那两条腿像游泳健将般，肉质也不因大而生硬，是很好的食材，但并非这次的选择。

　　小贩剥杀田鸡，总是残忍事，不看为清净，丰子恺先生也说过，吃肉时不亲自屠宰，有护生之心，少罪过。

　　再去外国食品店买了一块牛油、一公升牛奶和一些西洋芫荽，即能开始做菜。

先把田鸡腿洗干净，用厨房用纸把水吸干了，放在一旁备用。

火要猛，把牛油放进平底锅中，等油冒烟，下大量的蒜茸。

爆香后放田鸡腿去煎，火不够大的话全部煎熟，肉便太老，猛火之下，田鸡腿的表面很快就带点焦黄，里面的肉还是生的。

这时加点牛奶，让温度下降，田鸡腿和奶油配合得很好。再把芫荽碎撒下去，加点胡椒，动作要快，跟着便是下白酒了。

用陈年佳酿最好，不然加州白酒也行，加州酒只限用来做菜。带甜的德国蓝尼也能将就。但烧法国菜嘛，至少来一瓶 Pouilly-Fuisse 吧。

酒一下，即刻用锅盖盖住，就可以把火熄了，大功告成。

虽然没有法国大厨指导，做出来的还蛮像样，但只能自己吃，不可公开献丑。

吃完，晚上还是去"天香楼"，叫一碟烟熏田鸡腿，补足数。

完美的意粉

怎么做得成一碟和在意大利吃的一模一样的意粉？从来没有做过，有可能吗？有可能。失败了一两次就学会。第一，所有原料都要由意大利输入。很简单，到 City'super 或 Oliver's 去，架上一大堆产品任选。先学做一碟最基本、最简单的"西红柿酱汁意粉（spaghetti al pomodoro）"吧！材料主要有面条、橄榄油、醋和西红柿酱。买什么牌子的面？ Caponi、Pallari、Voiello、Spigadore、Martelli 都是响当当的名牌。什么橄榄油？一定要选特级处女橄榄油（extra virgin olive oil）。最好的有Bertolli、Delverde、Solleone 等。什么醋？天下最贵的是意大利醋了，有如红酒，愈久愈醇，名牌有 Balsamico。什么西红柿酱？Montanini、Spigadore、Delverde 皆宜。芝士则选 Parmigiano Reggiano 硬芝士。绝对要遵守的，是面条包装纸上的时间说明，煮八分钟就八分钟，十分钟就十分钟，千万不能多也不能少。人家数十年经验，不会骗你。

煮面过程中，加橄榄油于平底锅中，把蒜茸爆香，加切碎的洋葱、芹菜和红萝卜。倒进西红柿酱，多少由你，依面的分量作准。这时面条已煮熟，即刻倒入酱汁中拌匀，搅拌同时，加月桂叶、金不换、盐、少许醋和胡椒。最后，撒上磨碎的硬芝士，即成。简单吧？十分钟之内搞掂（定）。

要注意的是先利其器，买一个高身的煮面锅，中间夹一层沥干器的那种。从沥干器取出面条，非快不可，买支手指形的面托或面夹，《桃色公寓》中，积·林蒙用网球拍捞面，记忆尤深，但那是电影，千万不可学习。

伊比利亚火腿

西班牙火腿，为什么是世界最好？有四大因素。

一、种。只有伊比利亚半岛的猪，才有那股独特的味道。

二、生态环境。只在用西班牙南部的草原中种出来的橡树的果实来喂的猪，才能有那股味道。

三、大地生长。只有在那些草原里，猪和牛一样，自由奔放地生长。

四、气候。只有在那一小片地区的微气候不冷不热，不湿不燥，能让火腿长时间风干。

西班牙有种猪，其特点在于四蹄又尖又长，皮和蹄都是黑色，这种猪叫为伊比利亚黑猪。整个西班牙生产的火腿，也只有百分之五能称为伊比利亚火腿（Iberian ham）。

将伊比利亚火腿切片，肉色由粉红到深红，中间，像大理石的纹一样，夹着白色的脂肪。整块肉都会发亮，这是吃橡实得来的。

香味发自脂肪，猪一瘦，就不香了。

我们这次在巴塞罗那，每一顿饭都要叫伊比利亚火腿来吃，它的香味，不是意大利火腿能比的。

被世界上高级餐厅和名厨公认为最好的，是 Gran Reserva Joselito。西班牙著名的食评家 Rafael Gracia Santos 说："如果十分满分的话，Gran Reserva Joselito应该打九点七五分。"

Joselito这家公司选百分之百的伊比利亚猪，橡实之外，还喂香草。每只腿风干需时三十六个月，用最纯的海盐人手腌制。工厂里，唯一机动的是窗门，一按钮，开窗闭窗来控制室温，仅此而已。

每只腿大概八公斤，削皮，即可进食，但最好的状态应该在削皮后，再等一两个小时，让它和室温相近，再片来吃，此刻最香。

怎么一个香法？对还没有尝过的人是很难解释的。可以这么形容吧：我们这次在餐厅叫了一客，未上桌前忽然闻到香味，转头，原来是侍者从厨房中拿了出来。

这种伊比利亚火腿的蛋白质比普通猪肉要高出50%来。它的脂肪是oleic acid，相等于橄榄油中的"好脂肪"。"好脂肪"会产生HDL，就是所谓的"好胆固醇"了。大家知道胆固醇有好有坏，HDL会消灭"坏胆固醇"（LDL），是被医学证明过的。

怕肥吗？愈吃愈健康才对，要是你吃的是Gran Reserva Joselito。这种火腿，一只八公斤的要卖四百九十五欧元，等于五千多港币。

我们这次吃下来，发现另一种叫Jabugo Sanchez Romero Carvajal的，也可以和Joselito较量。

Jabugo是伊比利亚火腿的另一个叫法，而Sanchez Romero Carvajal则是西班牙最古老的一家火腿公司的名字，始创于一八七九年。它也是全国最大的，每年要屠宰十万只伊比利亚猪。最高质量的猪属于这家公司养的，血缘来自野猪。

最高等级的盖着5J。我们在 Las Ramblas 的菜市场 Saint Jose 第一档火腿档 Reserva Iberica 购买时，店员切了一块3J的和一块5J的给我们比较，不管是色泽还是香味，都是5J为佳。

所谓J，代表了年份，一般人以为是腌制了五年后来吃的叫5J，火腿像红酒一样，也是愈老愈醇。

其实，代表年份的J，是指猪的长成，5J的由乳猪养了四年半，肉质才是最成熟、最香的。养三年的，就比不上了。腌制过程，要经三十六个月。

这种火腿，一只七公斤的，卖四百二十五欧元。

有些人以为 serrano 火腿就是伊比利亚火腿，其实是错的。serrano，是山脉地带的意思。这些猪不养于生满橡实的草原，不自由奔放，只是吃谷物长大，最大分别，猪皮是白的。它只需十八个月就能屠宰，一只八点五公斤的火腿，只要卖一百四十九欧元，合一千多块港币罢了。但也已经是非常非常好吃。

如果不整只腿买的话，可购入去骨和去皮的，一只腿斩成四件，真空包装，售价就更贵了。也有切成片的，真空包装。我们去了巴塞罗那，回程经巴黎，在高级食品店中找到，价钱已经高过一倍，怪不得老饕们都从西班牙厂一只一只邮购去。整个欧洲，肉类的输入是没有问题的，寄到香港，则禁止。

吃腻了，可换换胃口，叫一客 Chorizo Iberico。这是用伊比利亚猪腌制的香肠，加了大蒜、辣椒和香草，切开后即可进食，不必煮过。

通常，看到颜色深红的火腿，以为必是过时，或者是表面被风干太久，但是真正好的伊比利亚火腿，颜色都是深的。吃法也并不一定是片片，老饕们会将它切成丁丁，骰子般大。不管是片片，或者切丁，好的火腿，入口即化，天使也要下凡，与你争食。

帕尔马火腿的诱惑

到意大利，香港人总是去罗马的西班牙石阶，或者前往米兰的拿破仑大道名店街购物，甚无文化。

文化也不一定是欣赏什么绘画或雕塑，吃也算在里面。离开米兰两小时，就能抵达帕尔马（Parma），应该顺道一游。

欣赏意大利菜，从粉面入门，再下来就是他们的生火腿了。我们经常把生火腿叫为Parma ham，但和只有香槟区产的汽酒能叫香槟一样，帕尔马产的火腿才能称为Parma ham，其他地方的，只叫prosciutto罢了。

帕尔马火腿经过称为Consorzio del Prosciutto di Parma的政府协会严格控制，一定要按照古方炮制，检验之后，打上像劳力士的皇冠火印，方能合格。我们在超市中，也要认清此标志购入，才不会受骗。

"怎么这条腿有四个皇冠火印？"我问，"是不是印愈多愈高级？"

我们参观了 Villani 这家厂，厂长笑着解释："完全没这一回事。这条腿做好了，要分成四块真空包装，才打四个印，总之不管你买块大的或小的，都有火印才对。我们还是从头看起吧。"

打开仓库，比想象中大得多，分成几层，第一部分是刚从宰场中运来的猪腿。

"西班牙黑猪，吃橡树的果实，帕尔马的也是？"

"不，不。"厂长又笑了，"你知道帕尔马地区，除了火腿之外，最出名的就是我们的帕尔马芝士（Parmesan cheese）。猪吃的，是做完芝士剩下的渣滓，肉特别肥美，不可以用其他饲料来喂。"

好幸福的猪，专吃著名芝士长大！

"有没有分左腿或右腿的？"

"意大利人不懂得分别，左右腿都用上。也许你们中国人吃得出吧？"

"猪要养多大？"

"两年。"他说，"帕尔马区很大，要在 Langhirano 这里养的才最好。"

"像不像神户牛那样听音乐？"

厂长笑得差点跌地："不过，帕尔马这个地方的人都爱音乐，Verdi 和 Toascanini 都是帕尔马人，也许猪也受到感染吧。"

"一只腿，要腌制多久？"

"和养猪的时间一样，也是两年。"他说，"你看到我们仓库的窗吧？又窄又长，是种特色，这是因为要给风吹进来。"

"一年到头都开着？"

"又开又关，厂里一个有经验的老师傅全权负责。"

"一只腿有多重？"

"十二公斤到十四公斤，风干到最后剩下十公斤左右。"厂长打开一个仓柜。哗，里面至少挂着上千条猪腿。

"只用盐来腌。"他说，"用的是最好的海盐，其他香料和防腐剂一概不准碰，否则给火腿协会一发现，几百年的声誉就扫地了。"

过程是先把湿盐搓在皮上，露出肉的部分干盐腌之，放在一到四度的气温中，湿度保持八十度。

"七八个星期后就要拿出来洗，用的是温水。"

"洗后再用盐腌？"

"除了盐，还要用人手揉上猪油，叫 suino。"

"猪油腌肥猪，倒还是第一次听到。"我也笑了。

另一位老师傅出现，打开下一层的仓库，用一根尖刺，在火腿底部插进去，边插边闻，每只刺了五下。

厂长解释："并不只闻是否够香那么简单。为什么要刺五下？这都是血管的部位，血管中还留着残血的话，火腿就会变坏了。"

学问真大。我问："帕尔马人从什么时候学会腌火腿的？"

"有一个山洞里发现了一堆栈的化石，检验了知道骨头里有盐分，那是四千年前的人储藏的，可能是人类知道这个地区的气候最适宜做火腿吧。"

我们已走到最后的仓库，挂着成千上万的火腿，等待运出到全世界去。我已等不及，向厂长大叫："试吃，试吃！"

"已经准备好了，请便吧。"

大厅中摆着装有由三只火腿片出来的火腿片的银盘。还有另外一只，也切出来给我们比较。厂长说："这是其他欧洲国家做的火腿，你看，一点都不肥，完全不是那么一回事。"

帕尔马的色泽粉红，一阵甘香扑鼻，入口即化，是仙人的食物。最美妙的，是吃火腿吃到饱，也一点不口渴。我问："是不是只适合配蜜瓜和无花果？"

"什么水果都行，只要甜的就是。"

"你认为西班牙的黑猪火腿如何？"

"意大利也另外有种出名的，叫 San Daniele，和西班牙火腿很接近，颜色黑一点。"

"哪一种最好吃？"我问。

厂长又露出一排牙："像女人，怎么比较？有人喜欢肥润的，有人爱干瘦一点的，两个都是美人，不同而已。"

这时，厂长看到有些女士把帕尔马火腿上的那层脂肪拉掉，只吃瘦的，偷偷地在我耳边说："我最反对这种吃法，一定要和肥的一块儿吃才叫吃帕尔马火腿。女人要瘦身的话，吃少一点好了，真笨。"

好西餐

说真的，这几年来，对吃西餐，不管怎么好，都有点怕怕。友人见我少吃，以为我只爱中餐。

西餐一顿要花三四个小时，东西又不是那么好吃，总有点不耐烦。来来去去都是那几样东西，吃点头盘，喝个汤，来些沙律，再锯一块扒，都是传教士式的动作，怎么不生厌。

一般的餐厅，都是由些嘴边不长毛的小子躲在厨房里炮制，只学了那么几道菜，就成大师傅了。最拿手的是把鲑鱼剁碎，放进一个铁圈中，填了肉把铁圈拿起，一块又圆又扁的食物呈现在碟中，插上香草，再用又红又黄的酱汁在碟边画画，就摆上桌。

把鲑鱼放入搅拌机中搅了，用牛油一煮，加点白酒，下大量白开水，就煮成汤。

生菜之中，混上几块生鲑鱼，下大量橄榄油和芝士碎，就是沙律。

把鲑鱼切成香烟盒那么大的一块，下锅煎一煎，再用手指抓起翻过来煎另一面，已是主菜。看得心中发毛，我们做菜都要求热辣，怎么知道西洋厨子可用手指翻那半冷的鱼。

食材也没有一点想象力，鲑鱼来鲑鱼去，当今我看到鲑鱼就反胃，绝对不会去碰了。

事实当然没有我说的那么夸张，可改成煎一块牛扒呀！但美国牛扒硬得要命，就算是dry aged储藏后发酵的，也不算好吃。澳大利亚新西兰牛扒更糟糕，一说是日本和牛种，也不知道和牛分多少地区和等级，就是要斩到你一颈血为止，绝对不值得去吃。

肉块的旁边，放一个马铃薯，或将它打成茸，不然就煮些红萝卜，或者烫熟几块没有味道的西蓝花当为配菜，看到了也不想吃。

牛肉永远不照你的吩咐去烤，点半生熟的一定弄至硬邦邦的全熟。点全熟烤到使肉发焦变成炭为止。

不如去吃羊扒吧！羊扒也照样煎得老老的。那么来个羊架吧，露出几根骨，用片花纸包住，一片片切开来吃。咦？怎么连羊膻也闻不到呢？冷冻得不像羊肉呀！

叫鸡肉吧！永远是那块又厚又没味道的鸡胸肉，像吃发泡胶，就算是法国名产区的过山鸡，也只是心中感觉到有甜味而已。

鸭子可好？浸油鸭是二流法国厨师的拿手好戏，浸得硬邦邦的，怎会好吃？不然用刑具式的铁压来榨，原来也只是噱头，血浆煮熟再淋在鸭肉上，也没什么特别的味道。

"你不会吃！"外国友人骂我，"要吃西餐，一定要去巴黎！"好，就听你话到巴黎，任何名厨都试过。有些是一小道一小道来个十几道的，所谓试菜餐（tasting menu），怎么吃也吃不饱，而且难吃的居多。

不如去吃意大利菜吧，意大利菜总是充实，不像法国菜那么浮夸。对的，吃来吃去总是生火腿蜜瓜，再来碟芝士意粉，已饱得再也吃不下去了。

别吃那么多肉或面，来点鱼吧！意大利最高级料理，用盐包住鱼再拿去烤，像叫花鸡一样把盐皮打开，露出鱼来，把最美味的鱼皮除掉，再拆可以吸噬的骨，剩下的又是发泡胶式的鱼背肉。正想试一口，大厨拿了大瓶的橄榄油倒下，又拼命挤柠檬，弄得又油又咸又酸。啊，好好的一尾鱼，怎么那么糟蹋了？那是没有冷藏的年代，鱼发臭了才挤柠檬，这种坏习惯怎会存到现在？

更恐怖的是遇到把东洋食材当为绝配的洋厨子，以为有点金枪鱼刺身，就是世上最新鲜的食物，连本来可以自豪的鹅肝酱或黑松菌，也要加一两片半生熟的日本牛肉，才觉得是高贵。

就算上电视的天才主厨奥莉花，也做什么都放一点柚子酱下去，说这日本调味品是万能的。已经那么几十岁人了，还长不大，见识还是那么少。

"难道你什么西餐都不吃了吗？"友人问。

吃，好的西餐，我当然吃，而且得个喜欢。

什么叫好西餐？就是妈妈或祖母煮的那种。

在法国南部的小餐厅，或者意大利乡下，一定有一两道用大锅煮出来的菜，也许是什么东西都放进去乱煮一通，但弄出来的天仙的食物，从来不让客人失望。

也不必花时间去等，坐下来，喝一碗汤，或吃一大碟煮得稀烂的肉，加上面包，是又充实又基本的一餐。

有一间快要开张的高级西餐厅叫我去试菜，东西相当有水平，但餐牌上就没有这种一大锅煮出来的妈妈料理。餐厅老板们来问我意见，我回答说请大厨做一锅好不好，他们听了都拍手赞成，但大厨抓抓头，说不会做。

东欧和俄罗斯都有这种传统，代表性的是他们的 goulash，也就是中国人印象中的罗宋汤（其实是不一样的）。这种大锅菜，西方到处都有，只是没人欣赏，也少人去学。

如果说在美国吃不到好东西，那也是错的，他们的祖母或妈妈，煮的那一大锅辣椒大豆，才是真正的美国菜，好吃得要命。

谁说我不喜欢西餐？

关于清酒的二三事

日本清酒，罗马字作 sake，欧美人不会发音，念为"沙基"，其实那 ke 读成闽南语的"鸡"，国语就没有相当的字眼，只有学会日本五十音，才念得出 sake 来。

酿法并没想象中那么复杂，大抵上和做中国米酒一样，先磨米、洗净、浸水、沥干、蒸熟后加曲饼和水，发酵，过滤后便成清酒。

日本古法是用很大的锅煮饭，又以人一般高的木桶装之，酿酒者要站上楼梯，以木棍搅匀酒饼才能发酵，几十个人一块儿酿制，看起来工程似乎十分浩大。

当今的都以钢桶代替了木桶，一切机械化，用的工人也少，到新派酒厂去参观，已没什么看头。

除了大量制造的名牌像"泽之鹤""菊正宗"等之外，一般的日本酿造厂，规模都很小，有的简直是家庭工业，每个省都有数十家，所以搞出那么多不同牌子的清酒来，连专家们看得都头晕了。

数十年前，当我们是学生时，喝的清酒只分特级、一级和二级，价钱十分便宜，所以绝对不会去买那种小瓶的，一买就是一大瓶，日本人叫为一升瓶（ishobin），有一点四升。

经济起飞后，日本人见法国红酒卖得那么贵，看得眼红，有如心头大恨，就做起"吟酿"酒来。什么叫吟酿？不过是把一粒米磨完又磨，磨得剩下一颗心，才拿去煮熟、发酵和酿制出来的酒。有些日本人认为米的表皮有杂质，磨得愈多杂质愈少，因为米的外层含的蛋白质和维生素会影响酒的味道。

日本人叫磨掉米的比率为"精米度"，精米度为六十的，等于磨掉了40%的米，而清酒的级数，取决于精米度：本酿造只磨掉三成，纯米酒也只磨掉三成，而特别本酿造、特别纯米酒和吟酿，就要磨掉四成。到最高级的大吟酿，就磨掉一半，所以要卖出天价来。这么一磨，什么米味都没了，日本人说会像红酒一样，喝出果子味（fruitiness）来。真是见他的大头鬼，喝米酒就要有米味，果子味是洋人的东西，日本清酒的精神完全变了质。

还是怀念我从前喝的，像广岛做的"醉心"，的确能醉心，非常好喝，就算他们出的二级酒，也比大吟酿好喝得多。别小看二级酒，日本的酒税是根据级数抽的，很有自信心的酒藏，就算做了特级，也自己申报给政府说是二级，把酒钱降低，让酒徒们喝得高兴。

让人看得眼花缭乱的牌子，哪一种最好呢？日本酒没有法国的Latour或Romanée-Conti等贵酒，只有靠大吟酿来卖钱，而且一般的大吟酿，并不好喝。

问日本清酒专家，也得不出一个答案，像担担面一样，各家有各家做法，清酒也是。哪种酒最好，全凭口味，自己家乡酿的，喝惯了，就说最好，我们喝来，不过如此。

略为公正的评法，是米的质量愈高，酿的酒愈佳。产米著名的是新潟县，他们的酒当然不错，新潟简称为"越"，有"越之寒梅""越乃光"等，都喝得过，另有"八海山"和"三千樱"，亦佳。

但是新潟酿的酒，味淡，不如邻县山形的那么醇厚和浓重。我对山形县情有独钟，曾多次介绍并带团游玩。当今那部《礼仪师之奏鸣曲》(《入殓师》)大卖，电影的背景就是山形县，观光客更多了。去了山形县，别忘记喝他们的"十四代"。问其他人什么是最好的清酒，总没有一个明确的答案，以我知道的日本清酒二三事，我认为"十四代"是最好的。在一般的山形县餐厅也买不到，它被誉为"幻之酒"，难觅。只有在高级食府，日本人叫作"料亭"，从前有艺伎招呼客人的地方才能找到，或者出名的面店(日本人到面店主要是喝酒，志不在面)，像山形的观光胜地庄内米仓中的面店亦有得出售，但要买到一整瓶也不易，只有一杯杯，三分之一水杯的分量，叫为"一下"（one shot），一下就要卖到二千日元至三千日元，港币两百多了。

听说比"十四代"更好的，叫"出羽樱"，更是难得，要我下次去山形，再比较一下。我认为最好的，都是比较出来的结果，好喝到哪里去，不易以文字形容。

清酒多数以瓷瓶装之，日本人称为"德利"（tokuri）。叫时侍者也许会问："一合？二合？"一合有一百八十毫升，四合一共七百二十毫升，是一瓶酒的四分之一，故日本的瓶装比一般洋酒的七百五十毫升少了一点。现在的德利并不美，古董的漂亮之极，黑泽明的电影就有详尽的历史考证，拍的武侠片雅俗共赏，能细嚼之，趣味无穷。

另外，清酒分甘口和辛口，前者较甜，后者涩。日本人有句老话，说时机不好，像当今的金融海啸时，要喝甘口酒，当年经济起飞，大家都喝辛口酒。

和清酒相反的，叫浊酒。两者的味道是一样的，只是浊酒在过滤时留下一些渣滓，色就混了。

清酒的酒精含量，最多是十八度，但并非有18%是酒精，两度为1%酒精，有9%，已易醉人。

至于清酒烫热了，更容易醉，这是胡说八道。喝多了就醉，喝少了不醉，道理就是那么简单。原则上是冬天烫热，日本人叫为atsukan；夏日喝冻，称reishyu或hiyazake。最好的清酒，应该在室温中喝。nurukan是温温的酒，不烫也不冷的酒。请记得这个nurukan，很管用，向侍者那么一叫，连寿司师傅也甘拜下风，知道你是懂得喝日本清酒之人，对你肃然起敬了。

铁板烧

第二晚，香港旅游发展局日本韩国地区局长加纳国雄请客。

我和加纳见面不多，但大家神交已久，又常通电邮，日本的许多观光地的资料都由他提供，欠他人情很多。当晚他带了漂亮的助手山本惠美前来，气氛更加融洽。

"要请你吃这顿饭，伤透了脑筋。"加纳先生说，"不但味道好，还要让你带旅行团来也够面子的，真不容易。"

去的是一间叫"黑泽"的，就在筑地渔市附近，这一带美食餐厅不少，多数吃海鲜，但这家人卖的牛肉铁板烧，有什么特别呢？

原来是名导演黑泽明的妹妹开的，她把一家老的艺伎屋重建，室内装修得极有品位，分三层楼，各有小房间由专人负责。

"哥哥生前最爱吃牛肉，经常下厨烧给剧作家和摄影师们吃，我按照他的做法，开了这么一家餐厅。"妹妹递上餐牌。

设计出来的餐牌，像剧本，有黑泽明用铅笔修改过的字迹，也有他本人的画。黑泽明喜欢把每一个画面都用蜡笔画出，他曾经说过："如果没有人投资拍不成，至少也可以留下一点东西。"

世界级的导演也那么悲惨,墙上挂着剧照和海报,有一张随意拍出来的照片,是间古屋,大家都不知道是什么电影里出现过。我一看就认出是《梦》的布景,黑泽妹妹更是大乐,拿出她家最好的料理来。

所谓的怀石铁板烧,并不单调。第一道出现的是烧法国鹅肝,再来的又是海产又是肉类,到最后才是牛肉,非常精彩。

"可以坐上四十人吗?"我问。

"店还是不够大,三十多个位子罢了。"黑泽妹妹说,"我还有一家卖黑豚Shabu Shabu比较大,开在赤坂,不如你们去那家吃吧。"

"挤一挤没问题,还是牛肉好。"我说。

"尽量安排。"她笑道。

看样子,这一团也会令团友满意。

老爷豆

山形县还有一种非常著名的农产品,那就是老爷豆,乡下土话叫为Dadacha。

"看样子,和普通的枝豆没什么两样呀!"我说。

观光局的阿部解释:"本来就是枝豆,山形县的特别香,你试试看。"

抓了一荚有三粒豆的,轻轻一挤,碧绿的豆子从壳中露出,放进嘴细嚼，果然非常之清香甜美。

"你再试另一种。"阿部指着。

"样子一样呀。"我说。

"这是去年的，你刚刚吃过的是今年采下的。"

原来是旧豆，怪不得称为老爷，吃了一荚，发现味道更香更浓。

"虽然冷冻了一年，但还是产生酵素，将豆子弄得比新鲜的甜美。"

日本人一抓到一种突出的产品，就见风使舵，非发展到淋漓尽致不可，老爷豆的各种商品就出现在便利店的架子上。

计有老爷豆汤，罐头的、纸盒包装的、加糖的、减盐的，把老爷豆烘干了磨成粉，放进软塑胶条子，撕开后即刻冲滚水来喝的。

做成冰激凌最精彩了，尤其是软雪糕最好吃，还能尝到豆子的碎片，我们几个大人像小孩子一样吃得不亦乐乎。

但是老爷豆的最佳吃法，还是那么蒸了，撒上点盐，剥粒吃。送啤酒更是一流，如果和"幻之酒十四代"一齐享受，就不需要任何山珍海味了。一整包的老爷豆，让客人买回去，在微波炉一叮，即刻能吃。

其实，老早，香港人就已经喜欢这种吃法了，你到杂货店去，像九龙城的新三阳就能买到，价钱只有日本的十分之一。

"枝豆到底是什么豆？"美智子问。

我回答："就是最普通的大豆呀。"

万国屋

朝着海的方向走去，一路上可以看到水面突起了尖形的大岩石，都是火山爆发后造成的，有的一连两座，日本人用绳子把它们连起来，结成夫妇。

这次旅行的主打是入住"万国屋"，是被温泉业者誉为全日本最好的旅馆之一。

创业以来已经三百多年，那块木头招牌经风吹雨打，字迹已看不清楚，当今被珍藏在有五层楼高的大堂中。

新建筑有多豪华是多豪华，这是日本在经济泡沫爆发之前的奢侈，银行拼命借钱给你，鼓励你把一切做得越大越好。最后，大家都穷了，银行倒闭，旅馆还好能够维持下去。

房间怎么样？宽大舒服。温泉呢？室内的和露天的皆备，够大，有气派。

一般温泉旅馆都由女大将管理，这一间是个男的叫斋藤，五十几岁了，做事很有魄力！

"晚上吃些什么？"这是我最关注的。

"吃得饱。"他回答。

"到底有什么内容？"

"吃得饱。"他重复答案，非常自信。

"如果一连两晚呢？"

"不同食物，吃得饱。"

泡完温泉出外散步，旅馆的对面就有条小川流过，这村子的人搭了一个小竹台，让游客坐在上面，把脚伸入河里浸凉嬉戏。日落一片红，反映在溅起的水花上。

我一向不太相信别人说的"饱"这个字，我们的团友也很少认识这个字，但好家伙，今晚这一顿不只丰富，食材也高级，不得不服了这个叫斋藤的经理。

很安宁地睡了一夜，第二天一早起身，为了赶去看当地的"朝市"。

才六点多，斋藤已在门口等我，手上拿了一袋面包皮："我是野鸭的爸爸，每天要向它们说早安。"

拍拍手，数十只野鸭游近，争着来吃。这现象也变成吸引游客的一个环节。斋藤说："到了秋天，一大群大鲑鱼游来产卵，是个奇观。"

"没人抓来吃吗？"

"已经老了，肉很硬，产了卵就死，最好是养一群野熊来吃它们。"斋藤好像又有新的主意。

我们往高山走去，看到一个"足汤"，用大理石修出来，让游客坐着用温泉来泡脚。我问："政府做的吗？"

"都是我们乡里的居民出的钱，打扫也是自愿的。"

经过的一些建筑物都很古老，商店招牌用的是明治时代流行的字体，卖香烟和杂物等，像时光倒流。

"朝市"是由一群妇女带着农产品来卖的市场,清晨五点钟就开始。其他县郡的都在露天摆档,但山形这里建了一个凹字形永久性的外卖摊,一共有十几二十户,都由七老八十的农妇经营。

"来试一试我亲手泡的甜瓜。"其中一位慈祥的妇女说,是电视剧中常见到的人物,等待着儿孙回家吃饭的祖母。

另一位养有一只大花猫,肥得不会走路,我看样子有点可怜,那妇人好像听到我心中话,说道:"我会替阿花做运动的。"

每一个摊子的档主都和客人聊几句,是这群老女人的人生乐趣。

"为什么只剩下女人做买卖,那些男的到哪里去了?"我问。

女档主往高山一指,半山中看到野坟。

"那里!"她微笑着说,没带苦涩。

梅酒

复活节假期和团友一齐来到大阪。

到达酒店,依惯例同大家到附近的便利店走一圈,这些地方的小小购物,非常愉快。

发现梅酒已继啤酒、日本酒、烧酒之后,成为潮流。

最初,梅酒只是家庭主妇自制的:当青梅大造时,买回来洗干净,装进一个大玻璃瓶中,加冰糖,倒入果实酒浸成,所谓的果实酒,就是纯度较高的孖蒸(双蒸)。

后来，开始工厂化。开先端的是一家叫"CHOYA"的公司，用大瓶口直身的容器装酒，底部沉着几粒青梅。把酒喝完，捞起来噬嚼，很爽脆，很甜，糖下得很多。

电视上大字广告，以女性招徕，越来越多人喝，给大家的印象，是女人酒。自认为大男人的，不会去碰。

怎么知道，喝梅酒已变为时尚，男人也开始买了回家，偷偷喝几口。像威士忌一样加了冰，更美味。

CHOYA做的梅酒，酒精度数并不高，所以被当成女人酒。当今男人一爱上，就往烈酒打念头，什么白兰地、威士忌、伏特加，都加了青梅进去浸，这阵子百花齐放，日本的市场，已是梅酒的天下。

好喝吗？的确不错，尤其是泡完温泉之后，来一口勾兑苏打的梅酒，不像啤酒一样整天要往洗手间跑，是男士的恩物。

问题是太甜了，当饭后酒还说得过去，餐前则破坏胃口，日本人说梅酒非甜不可，有时还加大量的蜜糖。

女人认为最好的梅酒，是老饕的男友自己做的，每年浸一大瓶，存放几年，当它纯熟后再喝，甜的程度、酒精的强弱，都控制自如，当然比店里买到的好喝。

男人认为最好的梅酒，自己并不喝，而是当女人想自动献身时，猛灌的那几杯。

佐贺牛

六天五夜行程的话，我们还缺少了三间餐厅，怎么办？

看地图，福冈南下，有个地方叫佐贺。佐贺牛在日本也闻名，即刻打电话给卖三田牛的友人蕨野，要他推荐。

"去一间叫季乐，是我朋友开的，牛肉最高级了。"他说。

从汤布院直奔，"季乐"中饭时间客人排长龙，显然是家很受当地客欢迎的店铺，收不收团体呢？

"蕨野先生已来过电话，可以迁就。"店长说："试我们的蒸笼牛吧。"

火炉上放了一个做司基亚基的锅，盛满水，一沸，蒸气上升，放一个木头笼，铺着蔬菜。佐贺牛上桌，布满雪花，一看就知道是上等货，每客一共有四片，蒸熟了，油溢出，滴在蔬菜上，是很新颖很健康的吃法。

"四片有多少？""一百四十克。"店主说。这怎么够？我们吃蕨野的三田牛，至少都有三百克。再加一倍吧！单单是蒸，有点单调，不如薄烧，用两个炉，一个蒸，一个薄烧。

也试了一客牛扒式的烧法，把一块牛扒切成一条条，让客人自己动手，生熟才控制得好。国泰假期的同事说："一点也没有渣，太好吃了。有些客人会喜欢这种厚烧的。"

好，吃就吃个够，把经理叫来，加多一块，蒸的一百四十克，薄烧一百四十克，再有厚烧一百克，总共三百八十克，比在蕨野那里吃的还要多出八十克来。

"不吃牛肉的，怎么办？"同事问。

"用猪肉代替好了，九州黑豚，是出了名的。"

"季乐"最近在银座也开了分店，打进东京。

九州拉面

拉面，像意大利粉一样，源自中国，但已被外国人变化了又变化，成为他们自己国家的食物。日本的，分为东京、北海道和九州三大派。

所有拉面，都以骨头熬汤，东京是鸡骨，而九州用猪骨，北海道的注重面豉味噌汤。

九州猪骨拉面，正宗的要用一大块猪肥膏，煮得软熟，放在一个捞面的铁丝箕上，轻轻敲打，让猪油从网眼挤出，一粒粒跌入汤中，才够香味。

可惜，当今的人怕肥，这种吃法已近乎绝迹，所有的拉面铺弄出来的，都差不多一个味道，并无惊喜。

在福冈市内，看到一个现象，那就是卖拉面的大排档特别多，可见九州人对拉面情有独钟。

问九州人："哪一家拉面店最佳？"

各有所好，介绍的都不同，这次来到，去了一家被公认为合格的,叫"一风堂"。

像伊丹十三拍的《蒲公英》所说,吃拉面,先尝一口汤,这家铺子卖的有四种:酱油清汤、猪骨汤、白油汤和红油汤,皆叫齐来试。

酱油汤底并不特别,猪骨的香甜,白油是加了鱼骨,令汤熬得更加发白,红油的是下了辣油,但不像别府的地狱汤那么辣。

面条分粗细两类,碱水下得少,故笔直,不像北海道的那么富有弹性,又卷曲起来。

每碗七百日元,合港币五十多块,加上几片叉烧的,多一百日元。日本人战后很穷,肉卖得贵,这个印象变成了传统,凡是食物中一有肉,就得加钱。

我们吃多几块或少几块叉烧没关系,至于汤,当然觉得猪骨汤比其他几种更合胃口,但九州拉面是那么标青吗? 也不见得,猪骨汤底已很普遍,够不够甜? 那是看店里的味精放得多不多而已。至于别府的地狱拉面,也是同一道理,看辣椒粉放得多不多而已。

无毒河豚

河豚有毒,但到处有人吃,不死人吗?

去了汕头,友人大谈河豚,说只要不是在春天吃就没事了。

是否可信？按照记录，那边也没吃死过人。

到过釜山，也试河豚大餐。河豚师傅没有领过执照，照劏不误，我们放心吃了，人家几百年来没事，怎会那么凑巧轮到我们呢？

在九州最出名的河豚产地下关，看见鱼市场中有大批人劏之，置于塑胶碟上，铺以保鲜纸，就那么运到东京的百货公司地下食品部卖，他们都是嘴边无毛的小子，哪会有十年以上的经验，才当成师傅？

"原来，这些河豚都是无毒的。"他们说。

东京医疗保健大学的野口玉雄教授保证："不必怕，河豚的毒，是吃了海底的贝壳类和海星才会产生的。用无毒的饲料养殖，河豚就没毒了，我们已经养了六千只没有毒的河豚，请各位尝试。"

是吗？肉没事，但是最好吃的河豚肝呢？在日本，河豚虽然公开卖，但是在一九八三年设立了法律，禁止人民吃河豚的肝脏。

九州的大分县，有家百年老店，让我吃河豚肝，真是美味无比。但是当我说要去拍摄时，老板娘还是担心，叫我别拍，吃了算数，否则政府看到了会找她的麻烦。

佐贺县的养殖场，在二〇〇四年向政府申请，说他们养殖的河豚无毒，要厚生省的卫生厅批准贩卖河豚肝。

国家食物安全局的人员回答："有什么科学证据？没有就免谈了。"

至今，还没有人可以证明，但根据养殖场的测验，的确没有了毒素。把这些记录递给拿有正式领有劏河豚执照的师傅看了，他们说："有趣，有趣，现实是这样的话，我们就不必捞了。"

疑问还是有的，但每年吃河豚的死亡人数减少了，倒是事实。河豚的确美味，拼死就拼死吧！无毒河豚，感觉上没那么好吃。

伎生宴食谱

对韩国最怀念的，还是"伎生宴"。

像山水画中的建筑物，走了进去，美女如云相迎，摆着的是一席席的佳肴。当今，女人的容貌已模糊，但是味觉上的享受，终生难忘。

平均，一个客人有三十道菜，五个人去吃，一定有一百五十种不同的料理呈上，不只是烤肉那么简单。

桌子是长形的，摆满了食物，有的自己根本夹不到，所以有伎生服务，只要用眼睛一瞄，她们即刻为你奉上。香港人给了一个很粗俗的名称"残废餐"，将人家款待宾客的传统破坏，是降低了自己的人格。

伎生宴在韩国经济起飞的当今，已逐渐消失，但反而生存于日本。新宿的后巷中还有些民居，里面办的宴会不是熟客是订不到的，我被老友李宇锡先生招待，还享受过那种服务。近年来这种宴会在日本也式微，更难找到了，想吃起来，也只有自己动手。

不醉不归，是伎生宴的特点，但一下子让你喝醉，也不局级（出奇），所以第一道菜，就是要在你的胃壁上涂一层黏膜。

一、松子粥 Chachyoku

自古以来，韩国的松子是贡品之一，它比日本的松子香，较中国的洁白和细长，有"仙人食"之美称。在朝鲜半岛中松树的叶能入锻。花粉、果实不消说，饥荒的时候，连树皮也熬而食之。

做法简单，以茶杯量之。一茶杯的松子、半茶杯的白米、七茶杯的白水、一点盐和一点糖。把松子尖端的芯除掉，洗净，用水浸三十分钟，磨碎。嫌麻烦，唯有用搅拌机。白米洗净，最好用日本米，浸个两小时以上，同样舂碎或磨碎。在两种糯糊中加水，沸腾之后转文火，煮个十分钟即成。如果用的是泰国米，不够黏的话，可以加白米粉末糊之。此粥太稀，就不好吃了。

上桌之前，把油炸过的松子摆在粥碗上面装饰，尖头向内，放五颗，成星形，更有增加食欲的效果。这一道菜不止大人喜欢，也可以煮给断乳的婴儿吃。

二、飞九折板 Kujyopan，又叫九节板

在韩国杂货店中先买一种八个小长方形碟，中间开一个圆形碟的食器。

八种食材是指牛肉丝、冬菇丝、桔梗根丝、红萝卜丝、鸡蛋丝、海苔丝、青瓜丝、鱼蛋丝和豆芽。第九种的是薄饼，像福建人包的那些，但是迷你型，放在圆碟之中。如果自制麻烦，可向韩

国杂货店购买。

牛肉用蜜糖腌过炒熟。冬菇最好是买韩国的"石菇",但已难得,唯有用普通的,以酱油腌制后炒熟切丝。

虽然原则上是上述的八种食材,但可以有变化,加猪肉丝、泡菜丝、长葱丝、蕨菜丝等。也不一定要有传统的碗碟,可以用一大圆碟,将各种材料摆在碟边,中间置一小圆碟放薄饼。吃时在薄饼上涂面豉酱,嗜辣者可涂辣椒酱,再将各种菜放在上面包里进口。

三、神仙炉Shinsoro,又称悦口资汤

基本上,它是一种火锅罢了,各种食材准备好了放进去,不像粤人以生的食材打边炉。火锅应用炭,但当今不讲究、用煤气炉的居多。

食材有牛肉,无用萝卜一起炊过,切片备用;鱼亦切片,用面粉喂之略炸备用;鲍鱼和海参灼后备用;猪肉打成丸备用;鸡蛋煎成原块切片备用;鸡、蚬、虾、带子、银杏、松子、栗子、冬菇、豆腐、白菜、粉丝等,和你想到的山珍海味。原则上要有十九种食材方可放进神仙炉中,淋以鸡汤煮后上桌,颜色要注重阴阳五行的红、黑、白、黄、绿。每人一锅。

四、药食Yakushyoku

通常是在一月十五日吃的,新罗二十一代皇帝有疾,鸟类在那一天啼叫呼唤医女治疗,韩国人称为鸟忌日,炊饭喂鸟。后人则只知道此种料理对身体有益,消化不良时即煮来吃。

先将糯米浸过夜，红枣切片浸过夜，汁留下炊饭，用一块白布包里，蒸一小时。取出，待凉，加麻油、松子、蜜糖、萝卜干和桂皮粉混揉之，再将白布包成四方形状蒸个一小时即成。

五、肉桂糖水 Sujorn

韩国的食后甜品种类不多，本来他们也喝茶的，但是在李朝时反中国，反佛教，连茶也排除了，以糖水代替，其中佼佼者就是肉桂糖水了。

把适量的肉桂皮和姜片放入沸水中，转慢火煮个两小时，有些人喜欢加糖，有些人只放甘草一块煮，放入冰箱中备用。

喝时将红枣和柿干切丝，加松子，让它们漂在糖水上，此物防伤风治咳，又非常之美味，夏天冬日皆宜。

大盈

"大盈"是我吃过的最佳海鲜馆，五指之一。凡是好餐厅，不一定最贵。"大盈"的鱼虾，可说是便宜得令人发笑，原因在于地方遥远偏僻，位于韩国，盛产海鲜的济州岛上。

政府不许济州有重工业，环境保护得好，海水并未受到污染，又控制渔获，海产丰收，是全国价钱最合理的地方。

韩国被日本统治数十年，因人民发愤图强，至今已有多项工业，像科技、电器和汽车，已能与日本并驾。而且足球方面，也胜过日本，令自卑感很重的韩国人一下子恢复信心，尤其是娱乐事业，韩潮带领的明星，迷倒无数日本男女，可以说已扬眉吐气。

一切事物，都在尽量摆脱日本阴影，但是轮到吃海鲜，韩国人还在招牌上挂"日式"二字。

"大盈"也属于日式。所谓的日式，只剩下鱼类的切功，其他的，有韩国人自己的一套。我第一次去吃，在探路时，见桌上还是摆了金渍等韩国泡菜和小食，坐下来之后，先奉上一碗用各种海鲜煲的粥，韩国人最注重这个仪式，喝酒之前，以粥暖胃，又据说可涂胃壁，免酒伤之。

第一道的鱼生，就保留了日式，一片片片出来。用的是黑鲷，我们叫鱲鱼，但属于深海的。

不同的是不只酱油和山葵，还有很清纯的麻油和很浓厚的辣椒酱。

潮州人吃鱼生也点麻油，配合得极佳，我是吃得惯的。鱼生进口细嚼。咦，怎么那么甜美！那么柔软！一般的鱼，浅水的有虫绝不生吃，深水的即劏，肉较硬，搞不清楚，跑去问"大盈"的老板韩长铉。

"哦，那是用鱼枪打的。"

"又有什么不同？"

"钓的和用网抓到的鱼，经一番挣扎，肌肉僵硬。用鱼枪一射，穿过脊椎，鱼即死，肉就和游泳时一样放松。而且，这种杀法，是最仁慈的。"韩老板解释。

接着上的，是长碟之上摆着两堆小肉。一试之下，一堆肥美，一堆爽脆。

"那是鱼裙边的肉，用匙羹刮出来，日本人嫌难看，不肯用这种吃法。另一种是鱼肠，日本人怕不干净不敢吃，济州岛海里的鱼，除了胆，任何一部分都好吃。"

侍者把三种烤鱼拿来，分别有鲭鱼、牙带和黄花。

鲭鱼多油，异常肥美。济州产牙带著名，本来可以生吃，但略略一烤，半生熟的，有种另类的甜味。

那尾黄花是野生的，当今在大陆被吃到绝种，要卖到千多两千一条。好久未尝不是养殖的黄花，它有独特的香味和甜味，不是在其他鱼身上吃得到的。

鲍鱼三大只上桌，刺身、蒸和烤。一看到生吃的，友人即皱眉头，印象中，肉很硬。一试之下，才发现只要轻轻细嚼，甜汁即渗了出来，尤其是鲍鱼的肠和肝，带点苦味，但口感和甘香是很诱人的。

蒸的和烤的鲍鱼同样软熟，蘸不同的酱汁，变化更多。

又上了一个大碟，盛着的竟然是一撮撮的菇类，用炭火略微烤个半生熟。

"都是我们店里的人在山上采集的。海鲜吃多，味就寡，一定得用蔬菜来调和调和，日本人不懂得这个道理，寿司店里从头到尾都是生的。"韩老板说。

菇很甜，其中也有松茸，韩国盛产，卖到日本去，香味还是不及他们的，但以量取胜，绝不手软。一大堆松茸，怎么也吃不完。

接着又上刺身，这回不来鱼，来点海参。海参生吃，很硬，要有牙力才行。海肠就很脆，中国南部沿海，也有这种海产，叫为沙虫，但较细小。韩国产的有黄瓜般粗，像一条大蚯蚓，友人初次看到，觉得恐怖极了，吃完之后才大赞鲜甜。

一只只的生蚝，由厚如岩石的壳中挖出，养殖的壳薄，一看就知道是天然的。洋人吃生蚝，多滴些 Tabasco 辣椒汁，韩国吃法放几片大蒜，和生蚝一块用辣泡菜金渍包里，辣泡菜带点酸，不必挤柠檬汁，与洋人吃法异曲同工。

刺身都是冷吃，这时应该有热汤上桌。想至此，果然出现了海藻汤 Mei Sing Gee。这是一种韩国独有的海草，细如头发，呈鲜绿色，用小蚝和捆蚬熬了，非常鲜美。海藻矜贵难找，韩国年轻人也许都未尝过。

酒不断地喝，日本人吃鱼生只喝清酒一味，韩国海鲜餐也可配日本清酒，他们叫为"正宗"，因早年由日本进口的酒，都是"菊正宗"牌。喝完之后又改喝土炮（农家自酿米酒）马格利，它带甜，很易下喉。

看到邻桌正在吃一种叫海螵蛸的刺身。海螵蛸有硬壳，像一枚手榴弹，在韩国生产最多，时常看到路边小贩叫卖。剥开了壳，露出粉红的肉来，有强烈的味道，一闻之下多数人都不敢吃，但尝了喜欢的话，即上瘾。

我叫韩老板去厨房把海螵蛸壳拿来。

"干什么？"他问。

"拿来就知。"

我把清酒倒入壳中，叫韩老板试试，他喝了一口，问道："怎么那么甘？这是中国人的喝法？""不，"我说，"是日本朋友教的。"

韩老板叹了一口气："有时，还是要向他们学习，下次有客人来，我就会用这方法招呼。"

"凡是好的菜，互相借来用，不应该分国籍。把难吃的淘汰掉，就叫饮食文化。"我说。

"你讲得有道理，你是我的阿哥。"韩老板拥抱我，叫侍者拍下一张照片，至今还挂在壁上，你下一次去可以看到。

孝心肋骨

已经饱得不能再饱，但为了考察光州美食，非得再来数餐不可。

先到一个小乡下去，吃过了靠海的黄鱼，这回要试近江的鳗鱼了。

怎么个吃法，桌子上有个烤炉，老板娘拿来两大尾鳗鱼，一边烤一条。左边的是原味，右边的看起来有点像日本人的蒲烧，但是涂着韩国特有的面酱和辣椒酱，两尾鱼都事先蒸过，已半熟。

等待中，上永远吃不尽的小碟，也别以为都是泡菜，也有精致的酱螃蟹，由辣椒酱和酱油两种不同酱料生腌，鲜甜得不得了。

鳗鱼可以吃了，先夹一片原味的，点上好的麻油和海盐，肉很厚，弹性十足，脂肪多，即感又肥又香，捆嚼之下十分之甜。

辣椒酱腌过的那条，肉较软，但鳗鱼味没有被酱料盖过，非常精彩，很久没有试过野生鳗鱼的那种味道了。

"哪里抓来的？"问老板。

他往前面一指："河里很多。"

"没有人去偷吗？"同行的摄影师忍不住地问。

"我们活在乡下的，这个怪主意，没人想过。"老板笑了。

吃海吃川，下来要吃山了。另一间卖的是竹筒饭，把糙米、红枣和栗子塞入大竹筒中，烤出来的，即刻闻到竹味和米味。

另有竹筒酒，装于大竹子的两节之中，不知如何把酒填进去，窍门在于标贴字后面钻了一个洞。

单吃竹筒饭很寡，来了一碟烤牛排骨，和吃过的形状不同。

"这叫什么名菜？"我问。

"孝心肋骨呀！"老板娘说。

原来是把大肋骨旁边的牛肉用利刀开，令肉柔软，老人家不必用力咬也吃得下去。孝道，一向是韩国传统的美德。

全州拌饭

是时候离开光州了，到有一个多小时车程的全州，再前往首尔，乘机返港。全州有什么？当然是全韩国最好吃的拌饭Bibimbap了。另一理由，当地有一个非看不可的民俗村。

我一听到民俗村这三个字，脑中即刻浮现一幕幕的电影电视剧，想把历史重现，搭起了民俗村来，像是一个片场中的大布景，俗不可耐。到了才知道，这个村，是住人的。街道和房屋充满生活气息，不同的是不见现代化的建筑，像走入时间隧道。

古时候的官邸和大户人家，当今改为文物博物馆和文化教室，有个韩纸的展览，摆着各种纸制的器具，墙上一张联合国总理事的办公室照片，一切都由韩纸制造。

另有一间摆设着韩国米酒Makkori的酿制器具和过程。旁边设教室，由专家们讲解。其他区室，变为民宿，客人可以在历史当中下榻，真想有空时，到那里去住几天。

下午到市内最著名的一家餐厅，吃全州的拌饭，有什么不同呢？同是一锅饭，一大堆蔬菜。先是材料，下了生牛肉，上面一颗蛋，热饭一拌，全熟，麻油和辣椒酱也是他处找不到的，调和得天衣无缝，其他什么佐酱都不必加，不管你是喜欢浓或爱吃淡，总之吃进口就觉得味道刚好，真是神奇。

不吃拌饭的人可来一大碗鲍鱼粥，用生鲍片灼，再把鲍中的肠汁混入热粥中，颜色变得碧绿，极为鲜美。

再来一客人参鸡。人参鸡到处都有，在釜山吃到的还塞了两只鲍鱼呢。这里用的是大量的生蚝，也是填进鸡中的，再次证明肉类和海鲜的结合是完美的。

试过了全州和光州的美食，再说韩国除了烧烤就没东西吃这句话，就对不起韩国人了。

韩国欢宴

刚从济州岛回来，大啖韩国料理，不亦乐乎。

我对韩国菜是百吃不厌的，尤其是他们的金渍Kimchi。种类之多，怎么吃也吃不完。当今发现金渍的酵素对人体有益，全世界大行其道，热爱健康的人更拼命追捧，也许会继韩国电视剧之后，再卷起一阵韩菜狂潮。

停了几天，又心思思，想起那一大碗的杂菜饭Bibimpa，刚好银行高层友人冯小姐来电，说约了查先生倪匡兄夫妇，堪舆学家阿苏和他的友人爱美夫妇，连同名模Amanda S.和我，一共十人，在铜锣湾罗素街的"伽椰"韩国料理晚宴，大喜，欣然赴约。

"查先生不是只爱吃上海菜的吗？辣的他惯不惯？"我问冯小姐。

她回答："这一餐是为了查太太，她最近猛追韩剧，愈来愈对所有韩国东西着迷。"

原来如此，这也好，有我这个韩国料理通来点菜，花样有更多的变化。韩籍经理前来，我向她叽里咕噜，对方一直点头，说："耶、耶。"

那是"是、是"的意思，看不配音韩剧的人都听得懂。《大长今》里，皇后一命令宫女，她们都回答："耶，妈妈。"

"韩国话你也会讲？"查太问。

我笑道："只限于点菜而已，其他的一点也不通。"

人多，菜可以大叫特叫。我要了蒸牛肋骨、生牛肉、肥猪腩包生菜、海鲜汤、煎葱饼、杂菜饭、辣捞面等。平时不点烤肉，但查先生爱吃牛舌头，再来烤的，还有牛肋骨、牛肉碎和记不清的一大堆。

菜还没上，桌面已摆满免费奉送的小菜，有辣有不辣。查先生不吃辣，查太太细心地叫了一碗温水，把辣菜冲了一冲，才夹给查先生吃。人参鸡接着上，查先生说这道菜吃得惯，很喜欢，我们才安心下来。

接着查先生和父亲是法国人的Amanda S.以法语交谈，那可不是点菜那么简单，两人对答如流，轮到所有的人都听不懂。

金渍之中，也分腌久的和新鲜腌的。后者在上桌之前把白菜烫了一烫，然后揉上大量的蒜茸和辣椒酱，即吃即做，阿苏师傅特别喜欢，一碟吃完还要另一碟。

"Hana Toh。"我向韩籍经理说。

对方又是耶的一声退下。

“那是什么意思？”阿苏问。

“Hana，”我说，“发音像日文的花，是‘一个’。Toh发音像广东话的多，就是‘多一个’。”

这句话很好用，到了夜总会，女伴不够，也可以说Hana Toh大家听了都笑骂我好色。

黄鱼接着上，虽不是游水的，用盐腌了一夜，由韩国空运来。当今中国黄鱼被吃得绝种，都是养的，只有韩国才有真正野生的黄鱼。烤过之后一阵阵的久未闻到的黄鱼味，吃得倪匡兄这位江浙人大乐。

冯小姐爱吃牛肉，对韩国的生牛肉情有独钟。

做法是把最上等的生牛肉切丝，伴以蜜糖、雪梨、大蒜和生鸡蛋，特别美味，比西餐的鞑靼牛肉好吃几倍，但是吃不惯的人还是居多，我把别人吃不完的那几碟拿来，又一下子扫光。

本来有一道菜是卤猪脚切片后，用来包生菜的，但我嫌有时猪皮还是太硬，改点了白灼五花腩来包。这道菜用高汤来生灼，不逊台北“三分俗气”做的“白玉禁脔”。吃法是把一叶生菜或紫苏叶摊开，肉放其中，上面放大蒜片、韩国辣酱和不可缺少的小鱼小虾酱，有点像南洋人做的Chincharo，然后包起来一口咬下，甜汁流出，是仙人食物，也再次证明了肉类和海鲜加起来特别美味，韩国人早明白这个道理。

“Hana Toh，Hana Toh。”阿苏师傅已食了三四碟新鲜泡菜，还不断地向女侍说。

"请她们打包，给你带回去。"我问。

阿苏点头称好，但店里的人说其他泡菜可以打包，这是现做现吃的，不行。我哪听得下。向韩籍经理说："把辣酱和灼好的白菜分开包，回家后自己混在一起吃，不就行吗？"当然得逞。韩国泡菜是有道理的，当年"非典"肆虐，东北亚国家也只有韩国没有一个人中招，可以证明他们的食物是能抗百病的。

饱饱，以为再也吃不下时，Amanda S.拿出两个自制的蛋糕宴客。她将要开店，也乘这个机会向阿苏师傅请教。阿苏其实并不姓苏，他只是非常谦虚，每次大家赞他算得准，都会说SOSO罢了，故名之。

蛋糕水准很高，上回拍节目时倪匡兄吃了一口，就把整个捧回去，不让别人尝。这回他也大吃，虽然做得不是太甜，但也有点口干，看到面前有一碗番茄汤，就喝一口来中和，突然喷出来。

原来，他喝的，是查先生洗了辣椒酱的水。

辑五　人生这杯酒

勾女绝技

我在内地和友人谈起生活之道,通常的反应是:"你有钱,所以有条件培养种种兴趣,我们做不到。"

一直强调的是兴趣与钱虽然有点关系,但是并非绝对。像种花养鱼,可由平凡的品种研究起,所费不多。读书更是最佳兴趣,目前的书籍愈卖愈贵是事实,但绝非付不起的数目,而且,图书馆免费地等你。

重复地说,兴趣可以变为财富。一种东西研究到深入,就成专家,专家可以以新品种来换钱,至少也能写文章赚点稿费。

钻了进去,以为自己知识很丰富时,哪知道已经有人研究得比自己还深,原来七八百年前写过论说,便觉自己的无知与渺小,做人也学会了谦虚。

另外,身边朋友少一点也无关紧要,我们可以把古人当老师,他们的著作看得多了,又变成他们的朋友。

一大早到花墟的金鱼市场观察鱼类,下来到雀鸟街看哪一只鸟啼得最好听，最后逛花街，看什么花是由什么国家输入，都是一个很好的开始。

前几天的副刊中也教过人种兰花，只要一块就可以买到五盆廉价的兰花，经半年的精心培植，身价一跃到四百八十一盆，足足有九十六倍之多。

故玩物并不丧志，养志还能赚钱，何乐不为？问题在于你肯不肯努力，肯不肯花心思。不但养志赚钱，还可以用来勾女。

近来政府不知为什么那么好心，把街上每一棵树都用小板写了树名钉在干上，我认为这是他们做的唯一好事。

独自散步时把每一棵树的树名牢牢记下，一个仙也不必花。等到和有品位的女友拍拖时，把树名一棵棵叫出，即刻加分。此为勾女绝技，不可不记。

没用

选全球最适宜居住的城市，不是墨尔本第一名，就是温哥华第一名，接着便是一些北欧首都，都榜上有名。

最好吗？看你的个性：爱静的，这些地方错不了；喜欢动的，住上一年，绝对会闷出鸟来。

我是一个热闹城市的居民，生活节奏愈快愈好，选天下能居住的，除了香港，只有纽约，后者因"九一一"事件，已草木皆兵，不属于考虑范围。

城市一有活力，带来的必然是空气的污染、居住环境的狭小、角落头的肮脏、贫富的差距，这都是避免不了，必须接受的事实。

住的地方一安静，水和空气就清甜起来，屋子便宜，宽大得多。人口稀少，清理起来方便，没一大堆垃圾。生活水平极高，费用也跟着上升，北欧那几个都市，东西贵得惊人。

有时，命运的安排，让你住在世上最完美的城市，那就要尽量享受它们的好处，像海滩、公园、图书馆、博物馆、酒庄或农场，洗净繁华去也。

居住在这些地方，黄皮肤，始终有一回，遭到白眼。不管当地人有多文明，低知识的总会骂你一两句，怎么避也避免不了。

我要是移民外国的话，一定找一两种东西来研究，成为专家，在当地人眼中也有地位，才肯住下。住了下来就得融入人家的社会，只吃西餐了。

最错的，是整天跟着一班华人饮早茶、打麻将、唱卡拉OK，一有时间就到洗头店去，翻阅过期的八卦周刊，大谈香港影艺界的丑闻。

这些人离开香港，心中还是生活在香港，一有机会就往香港跑。在当地拼命宣传自己的云吞面有多好吃，一回香港随便到街头一家，也吃得感激涕零。

再适宜居住的都市，对于他们，都没用。

同好

和团友麦氏夫妇的交往甚深，他们常到九龙城街市三楼去吃早餐，时而见面。麦先生是让我猜他的职业，给我五十次机会都猜不到的人，原来他专门从事制造将阿拉伯文变成英文的翻译机，世界上没有几家。

麦太为人风趣，长得玲珑可爱，他们没有孩子，养数只小狗，自己开厂，随时可以放下一切去旅行，除了担心宠物的起居。

两人都酒量极好，跟我们去北海道时，给粗口大王拉去喝，日本有种任饮唔嬲（随便喝不生气）的制度，缴上两千日元就行，但是有个条件，就是只能留在酒吧中两小时，过了又要付钱。一行人去大喝特喝，也不是为了省钱，好玩罢了，反正要证明谁是冠军，这是一个好办法。

第二天看到他们一群人，个个脸青青，美食当前，一点也吃不下去，我倒啤酒给他们，大家看了掉头就走，去洗手间把剩余的胆汁都贡献出来。

做生意的人，对尾祃很重视，麦氏夫妇每年都隆重地大肆宴客，还老远请来几位阿拉伯代理商，我也参加过，看到的阿拉伯人都是大胖子，猛吞香港海鲜，表情甚为幸福。当然啦，去过阿拉伯的人，都知道他们的食物绝对不能和中菜媲美。和麦氏夫妇交谈，发现喜欢的东西很多相同，比如说暖气，他们就和我一样爱用火水炉，听说我从日本搬了几架回来，心痒痒的：上次去大阪，大风大雪，到处找，结果没有称心的，当今日本火水炉却要用电线拉电，不方便。

今天在新年的金泽团茶会中又遇到麦氏夫妇，我答应这次和他们一起去买，万一再找不到，我就把自己那个让给他们。我的那个设计为一盏古老的船灯，非常漂亮，火生在玻璃罩内，半夜起身欣赏，尤其清雅。

送同好东西，自己也快乐。

清心

搬家，东西太过凌乱，只有出来住酒店。现在清晨四点，对栋壁，想写稿，但是一字不出，只能瞪那幅画发呆。

为什么每一个旅馆房中，非挂一两幅画不可呢？大多数是山水花卉鸟虫，但写意者甚多，工笔画很少。

酒店建立时总会请几个作画者，几百上千个房，每人负责一部分，一定要大量生产，画得多了，就偷工减料，愈来愈糊涂了，不肯工笔，反正住客的目的在于休息，或者偷情，谁有心情来看画呢？马虎一点算数。所以变成抽象了。看的人不懂，画的人也不懂。抽象画最难，要经过严格的基本训练，写实的也画得很好，才能把形象打破，成为感觉。但是这些所谓的画家，基本功没经验过，就出来涂鸦，面皮之厚，令人作呕。

即使基本功不肯去学，要踏入艺术这条路，也得有灵气呀！什么叫灵气？只能举实例来解释：小孩子的画，都有灵气，他们的思想还没被世俗污染，天才与否不要紧，总有个"真"字。而真，时常是灵气的起源。

色调更能影响情绪，酒店中看到的多是灰灰暗暗的东西，令人消沉。要不是对方特别诱人，也引不起兴趣做那一回事儿，为什么不能多点灿烂的阳光？为什么不是五颜六色的花朵？偏偏是看了不想去游玩的山水？

作画者还多数只签个名字罢了，连诗也不肯题一首。书画嘛，书行头，不懂得书法的画家，好极有限。

就算那简简单单的两个名字，像死鱼一般腥臭，蛇头鼠尾，俗不可耐。什么叫俗不可耐？与其付钱给这班半桶水，不如请一群儿童来作旅馆画，看起来清心，就算是借房间来干调皮事，也没罪恶感。

筷子

说什么，也是筷子比刀叉和平得多。

我对筷子的记忆是在家父好友许统道先生的家开始的。自家开饭用的是普通筷子，没有印象，统道叔家用的是很长的黑筷子。

用久了，筷子上截的四方边上磨得发出紫颜色来。问父亲：

"为什么统道叔的筷子那么重？"父亲回答："用紫檀做的。"什么叫紫檀？当年不知道，现在才懂得贵重。紫檀木钉子都钉不进去，做成筷子一定要又锯又磨，工夫不少。"为什么要用紫檀？"我又问。父亲回答："可以用一世人用不坏呀！"

统道叔已逝世多年，老家尚存。是的，统道叔的想法很古老，任何东西都想永远地用下去，就算自己先走。

不但用的东西古老，家中规矩也古老。吃饭时，大人和小孩虽可一桌，但都是男的，女人要等我们吃完才可以坐下，十分严格。

没有人问过为什么，大家接纳了，便相处无事。

统道叔爱书如命，读书人思想应该开通才是，但他受的教育限于中文，就算看过"五四运动"之后的文章，看法还是和现代美国人有一段距离。

我们家的饭桌没有老规矩，但保留家庭会议的传统，什么事都在吃饭时发表意见，心情不好，有权缺席。争执也不剧烈，限于互相地笑。自十六岁时离开，除后来父亲的生日，我没与家人同一桌吃饭了。

说回筷子，还记得追问："为什么要用一世人，一世人有多久？"父亲慈祥地说："说久也很久，说快的话，像是昨天晚上的事。"我现在明白。

浅尝

和小朋友聊天。当然是有关于吃，和我交往的都喜欢谈饮食，也只有这种话题，最为欢乐。

"我发现你原来是吃得不多的，你的许多朋友也说，蔡澜这个人不吃东西的，这是不是因为你已经吃厌了，人也老了？"小朋友口无遮拦，单刀直入。

"老不是一种罪，我承认我是老了，有一天，你也会经过这个阶段。至于是不是吃厌，好的东西怎么会吃厌呢？当今好的东西少了，我就少吃一点。"我老实地回答。

"照样很多呀，有瓜果蔬菜，有猪肉鸡肉，有石斑也有苏眉，怎么说少了呢？"小朋友反问。

"有其形，无其味，你们吃的鱼多数是养殖的，肉类的脂肪也愈减愈少，蔬菜更是经基因改造，弄得没有味道。人类出于贪婪，拼命促生，有些还加了很多农药，又为了养殖失去颜色，不管人家死活，加苏丹红等色素，不好吃不要紧，吃出毛病来可不是开玩笑的。"

小朋友怕了："那……那我们要怎么样才好？"

"一切浅尝。"

"浅尝？"

"是，是一种很深奥的学问，美食当前，叫你不再去碰是不容易的，我自己也忍不了，要学会浅尝不容易。"我说。

"那我们年轻人呢？要怎么开始？"

我答："从要吃就吃最好的开始。别贪便宜，有野生的，贵一点也得买，吃过野生的，就知道滋味有多好，再也回不了头去吃养殖的了。"

小朋友点点头，好像有点明白这个道理："那和浅尝有什么关系？"

"你们这个年代，就算有钱，能吃到野生东西的机会也不多，那么就别贪心，吃几小口就放弃，看到养殖鱼，只用它的汤汁来浇白米饭，也是一种美食。"

"白米饭吃了会发胖的！"

"胡说，现在的人哪会吃得太多饭？你们发胖，是因为你们喜欢吃垃圾食物，而垃圾食物多数是煎炸，煎炸的东西吃多了，才会发胖！"

"煎炸的东西很香，你不喜欢吃吗？"

"我也喜欢，不过我喜欢吃好的。"

"煎炸也分好坏吗？"

"当然，包着那层粉那么厚，吸满了油，我一看到就觉得恐怖。好的天妇罗，炸后放在纸上，最多只有一两滴油，你吃过了，就不会去尝坏的了。"

"我们哪有条件天天去吃高级天妇罗？"

"把钱省下，吃一次好的，这么一来，至少你不会天天想吃肯德基。同个道理，你吃过一顿好的寿司，就不会想去试回转的了。"

"道理我知道，但是我们还在发育时期，你教我怎么不吃一个饱呢？"

"那我宁愿你吃几串鱼蛋、一碟炒饭、一碗拉面，每一种都浅尝，好过用一种东西塞得你的胃满满的，对感情，花心我不鼓励，但对食物，绝对要花心！"

"这话怎么说？"

"好像吃鱼，如果有孔雀石绿，那么少吃一点也不要紧，吃太多，毛病就来了。吃火锅有地沟油，那么吃少一点，再来杯茶解解，也没事。"

"你的意思是什么都可以吃，但是什么都少吃一点？"

"对，要保持好奇心，中国菜吃了，吃日本，吃韩国，吃泰国，吃越南，吃西餐，什么都好，什么都不必狂吞，多吃几样。"

"不喜欢的呢？像芝士，我就从来不碰。"

"也要逼自己去吃，试过了，你才有资格说喜欢或者不喜欢，从来不碰，就是无知，年轻人求的是知识，你怎么可以连这一点都不懂？芝士很臭，但是可以从不臭的卡夫芝士开始，蘸点糖，甜甜的，好像吃蛋糕，慢慢地你就会发现卡夫芝士满足不了你，因为这是牛奶做的，当你要求更浓郁的味道时，你就会去吃羊奶的了，到时，这个芝士的味觉世界，就给你打开了。"

"榴梿也是同一个道理？"

"对。把榴梿放在冰格上冻硬，拿下来用刀切一小片，当雪糕吃，当你接受了，泰国榴梿满足不了你，便会去追求马来西亚的猫山王了。"

"道理我明白，但是有些人也只爱吃麦当劳，只喜欢吃肯德基，那怎么办？"

"那只有祝福你了。"

小朋友有点委屈："对着一些我爱吃的东西，总得吃个饱，你怎么说我也不会理睬的。"

"我知道，有些东西在这个阶段是很难入脑的，我现在唠唠叨叨地向你说，也不希望你会理解，我只是在你脑中种下一颗种子罢了。有一句话你记得就是：今天要吃得比昨天好，希望明天比今天更精彩。到时，你就会发现，一切食物，浅尝一下，就够了。"

饮食节目问答

和小朋友聊天。

问："听说你最近有做新饮食节目的念头，会有什么内容呢？"

答："主要的是保存濒临绝种的美食，尽量重现一些古时候的菜谱。还有让观众知道，平凡的食材，也能做出精彩的菜。"

问："只讲中国菜吗？"

答："也不是。像旅行，一生总要过，看别人是怎样过，把节目做成味觉的旅行，同样食材，别人是怎么做出来的，让大家参考。"

问："举个例子吧。"

答："比方说，你到一家好的外国餐厅，如果面包不是自己烤的，那么这家餐厅好极有限。中国食肆最不重视白饭了，为什么不能像外国的一样，把一碗基本的饭炊得好一点呢？从白饭延伸，做出粥来，各种不同的粥，也用米，磨成浆，烹调出各种吃法，像肠粉，等等。"

问："那也可以做不同的炒饭了？"

答："这当然。"

问："要不要比赛呢？"

答："何必，大家切磋，多好！"

问："还有什么可以添加的？"

答："我想加多一个餐桌上的礼仪的环节。"

问："不会闷吗？"

答："不说教就不闷。而且是我们很需要的一课，像吃饭时抢着夹菜，就不应该，我们还有很多人会把菜东翻西翻，也不对。"

问："这不是很基本的吗？"

答："是基本，但不懂的人还是很多，需要提醒。我们很幸运，有父母指引，但现在大家都忙，也许忽略了。像吃饭时发出吧嗒的声音来，也不雅。"

问："现在很多人都是这样吃的呀，成为习惯，大家都吧嗒声，也就接受了，没什么不对呀。"

答："朋友一起，家人一起，怎么吃都行，但是出不了大场面。在外国旅行，总有一些国际上的基本礼仪要遵守，否则人家看了虽然不出声，但心中看不起你，我们何必做这种被人看不起的事？"

问："这是因为你年纪大了，看不惯年轻人的反叛。"

答："对。我们年轻时也反叛过，不爱遵守固有的道德观，父母看不惯。但这不是反叛不反叛的问题，是做人做得优不优雅的问题，是永恒的。"

问："还有什么环节？"

答："很多，像食物的来源和人生的关系。"

问："举个例子。"

答："像东方吃白米长大的和西方吃面包长大的，在身体上有什么不同。发育也完全不一样，东方的孩子，送到西方去，也比较高大呀，这是明显的例子。"

问："那要研究营养学了？"

答："这让学者去讨论，到底是电视，很实际地需要收视，必须有娱乐性才行。如果太多篇幅去谈药膳之类的，就太过枯燥了。"

问："那么讲不讲素食呢？"

答："当然得涉及，讲的是真正的素食，不是把素食变成什么斋叉烧，什么斋烧鹅。这么一来，心中吃肉，也等于吃肉了，不是真正的素。"

问："可以做些什么素呢？"

答："在食材上去下功夫，像有种海藻叫海葡萄，就那么用醋和糖来腌制一下，就是一道美食。"

问："叫大师傅来做？"

答："也要请他们示范。不过家庭主妇的手艺也不能忽略。她们的菜，做给子女吃，一定用心。用心做的，是餐厅大师傅缺少的。有时候，她们在很短的时间内，也可以做出一桌菜来，应付丈夫临时请来的客人。真是有这些卧虎藏龙的厨娘，都要一一发掘。"

问："有没有减肥餐呢？"

答："没有。"

问："怎么答得那么绝。"

答："最有效的减肥餐，就是不吃，不吃就不肥。倪匡兄说过：'纳粹集中营里面，哪会有胖子？'别做梦了。"

问："那么讲不讲人与食物的亲情？"

答："饮食节目是应该欢乐的，太多挤眼泪的情节，还是留给《舌尖上的中国》去做吧。"

问："外国拍的饮食节目，有什么可以借鉴的？"

答："我都不想重复他们的内容，精神上可以抄袭，像他们的一个小时之内做出多种菜来，就有那种压迫感，也许我会请一些专业厨师，或一些生手，在二十分钟之内做出几道菜来。"

问："做得到吗？"

答："中国的煮炒，都是在很短的时间内完成，像《铁人料理》那种节目，如果让一个巧手的厨师去做，一个小时里面，做出一桌菜来，不是难事。"

委屈

其实，我喜欢看别人吃东西，多过自己吃东西。

什么都吃，吃得津津有味的相貌，是多么地赏心悦目。

最怕遇到对食物一点兴趣也没有的人，这种人多数言语枯燥，最好敬而远之，不然全身精力都会被他们吸光。

各有选择，我对素食者并不反感，尊重他们的权利，你吃你的斋，我吃我的荤，互不侵犯。

讨厌的是吃斋的人喜欢说教，认为吃无机种植的蔬菜才是上等人，吞脂肪的人像患麻风，非进地狱不可，永不超生。

素食者人数一多，对肉食者群而攻之，凡肉类，都是一切病的源头。我没有不舒服，也好像犯了罪，一定要说到你去看医生。

素食者人数一少，便眼睁睁地坐在一旁，看别人大鱼大肉，自己便做委屈状："啊！我这个可怜的人，什么东西都没得吃！

啊！可怜呀！好可怜呀！"

已经专为这种人叫了一碟什么罗汉斋之类的。一上桌，试了一口："咦！怎么这么难吃？"从此停筷，继续做他们的委屈状。

当然啰，又不是素菜馆，大师傅烧不惯，像个样子已经算好的了。不吃就不吃！

吃素没什么不好，但是强迫儿女也一起吃斋，就是罪过。这些人的儿女长大后，面孔和他们长得一模一样，面黄肌瘦。可憎。

有一位朋友，不但不吃肉，连蔬菜也不碰，一味喝酒。她一坐下来就向各位声明，不太吃东西，主人不相信，拼命夹菜给她，她只是笑笑，也不拒绝，但不碰就不碰，反正早已告诉过你，不能说我浪费。这种人，什么都不吃，也可爱。

生意经

碌命作祟，总要找点事做。我也知道优哉游哉的乐趣，但是一面作乐，一面赚钱，满足感更胜一筹。

有风险的投资，已不是我这个人生阶段应该付出的担忧，干点小生意，安安稳稳地得到一点点的回报，才是一条大道，但能做些什么呢？

想了又想，不如开个网店吧。

开网店的好处在于不必付贵租，对香港人来说，一大喜事也。

怎么开？很容易，有个地方，叫淘宝。事前先做好功课，飞去杭州，参观淘宝的总部，奇大无比，简直是一个王国。淘宝网站截至二〇一三年，拥有五亿的注册用户，每天有六千万人次的固定访客，在线商品超过八亿件，单日交易额达四十三亿八千万人民币，而且每天还在增加。

与淘宝高层的会议中，得知的是：一、商品必须要有独特的个性，方能突围；二、如果商品的背后有个故事，更能引起访客的兴趣；三、尽量在各个电子传媒中安排宣传攻势，以引起访客注意。

回来一想，这些条件，我是具有的。

但说起来容易，怎么实行呢？一件商品，卖得好的话，就得趁热打铁，囤很多货发售，但潮流一过，如果没卖，那怎么办才好？银行界的友人常告诉我，很多生意，愈做愈大，资金不够就来银行借钱，而结果失败的，都是因为存货太多，而还不了银行的借款。

做任何一件事，都得学习，吸取前人失败的教训，尽量避免。这么一来，就会发现失败的例子比成功的多，愈来愈多的顾虑，又令人裹足不前了。

我老是说：做，成功的机会是五十五十；不做，机会是零。会教别人，自己呢？

做呀！就胆粗粗地开了一家网店，找设计师做个标志，最后还是用了苏美璐的插图，做出一个叫"蔡澜花花世界"的网站来。

最初尝试卖茶卖酱，符合了第一个要求：商品必须要有独特的个性。我把我怎么发展出这些产品的经历娓娓道来，算是符合了第二个要求：要有故事性。至于第三的商品推广，我在微博四年来的努力，回答各位网友问题、每天刊登我一篇散文等，至今累积了八百五十八万六千八百三十个粉丝，比香港人口多，可以借这个渠道，积极地推广。

客人来自五湖四海，我必须要有一个团队，在运输时若产生什么问题，即能一一解答及安顿顾客。好在发货方面，有一家很有信用的公司，叫顺丰，他们的规模已经能做到像 DHL 或 FedEx 那么完善，甚少差错。

团队的组织和基地的租金等，都得靠经济支持。这时，在我举办的旅行团中认识了一位很热心，又能信得过的好朋友刘先生，也是我的知己会会长，他本身做高级印刷，在内地有工厂，对我的小生意方案有兴趣，愿意协助，也就水到渠成地成为我的合作伙伴了。

本名为"暴暴茶"的茶叶，我一向认为名字太过强烈，当今改为"抱抱茶"，加上"蔡澜咸鱼酱"和其他酱料，即做即卖光，是种小尝试。今后的产品，必须是有季节性和长期性的，我决定从三方面着手：端午的粽子、中秋的月饼和过年的年糕。命名为"童年记忆的美食"系列。

产品都得事前预售,否则做得太多,又会冒卖不完的风险。虽说现在还早,当今之务,是怎么做年糕了。

在十几年前,当我接到中山三乡的年糕,一打开盒子,竟然有人头那么大。这个年糕,的确让人震撼,也唤起儿时吃过的回忆,那时的年糕,是那么大的。

我即刻赶去中山市,寻找为我制作的忠师傅。忠师傅与我结交多年,对食物的制作态度严谨,有一份很顽固的执着,又坚持做原汁原味的东西,和我的理念是一致的。

广东省中山市三乡种满了香蕉,我首先看到的是一望无际的香蕉园。这是包裹年糕的最原始材料,采取了大片的香蕉叶,先洗净及高温处理,排除一切杂质以及杀菌,方能使用。

再下来是选最好的糯米,磨成后晒干,成为糯米粉,再加最原始的蔗糖,高温下淋在糯米粉中,反复搓揉,以新鲜的蕉叶包裹,最后才放进巨大的蒸炉中蒸出来。这时的年糕呈浅褐,是砂糖的原色,不加任何人工色素。

制成品真空包装,再装入坚硬的纸盒,在运输过程中不会撞坏。蕉叶本身有防腐作用,年糕送到客人手中,不必放进冰箱,也能摆放十几二十天不会变坏。摆放过程中即使表面发出霉菌,只要用湿纸抹去,即可放心食用。这时的年糕可以切片,就那么煎来吃。再不放心,可以把表面那层切掉,一定没有问题。

依足妈妈的做法,喂了蛋浆再煎,味道更香更妙。加一点油也可，不加无妨，年糕本身有油，不会粘底。真空包装放进雪柜，更可以保存至几个月，肚子一饿就煎一片来吃，好过方便即食面。

年糕重量三公斤二百五十克。

事前功夫准备好，客户一下订单，我方才制作。一方面是保证新鲜，再来，我不希望因为囤货而亏了老本，一切资料将放在"蔡澜花花世界"淘宝网上，各位若有兴趣，多多帮衬，谢谢大家。

关于健康

问："作为一个美食家，你注重健康吗？"

答："智者曾经说过，作为一个美食家，从牺牲一点点的健康开始。"

问："但是当今流行的，都是以健康为主。"

答："以健康为名，许多美食文化，都被消灭了。"

问："这话怎么说？"

答："举个例，上海本帮菜的特色浓油赤酱，现在已无影无踪，得拼命去找，才找到几家吃得过的。"

问："从前的人缺乏营养，菜要又油又甜，当今的人富裕，得吃清淡一点嘛。"

答："太过清淡，同样对身体不好。"

问："猪油不能总吃吧？"

答："猪油有那么可怕吗？植物油就那么好吗？你有没有试过洗碗呢？"

问："没有。"

答："你洗过就知道了，猪油一洗，碗碟一下子干净，用植物油的，洗个老半天还是油腻。"

问："猪油有那么好？"

答："有些菜，不用猪油就完蛋了，像上海的菜饭、宁波的汤圆、潮州人的芋泥，把猪油拿走，还剩下什么？"

问："过多了还是不行。"

答："这句话我赞成，但少了也不一定健康，我们不是天天猛吞大肥肉，偶尔来一客红烧蹄髈，是多么令人身心愉快的事呀！"

问："不下那么多油可不可以？"

答："有些菜不可以，像过桥米线、生鱼生肉，全靠上面那层油来闷住，才能煮熟。当今的只下那么一点点，不吃出一肚子虫来才怪。"

问："健康饮食，从什么时候，在哪里开始流行？"

答："二十世纪九十年代吧，是美国的加州人始创的，他们把太油太腻的意大利菜，改成少油少盐，大家拼命吃生菜沙律，吃得变成兔子。"

问："但怎么那么快地影响全球？"

答："都怕胖嘛，尤其是女人，有些干脆吃起斋来，而且强调全部有机的。什么是有机，到现在很多人还是搞不清楚。"

问："有机菜比较有味道呀。"

答："我吃不出，你吃得出吗？"

问："……"

答："就算是吃菜，吃得淡出鸟来的时候，就拼命加油加酱了。香港的斋菜，油下得也多得厉害，那些不容易洗得干净的植物油汇在胃中，后果怎么样，你自己想想。"

问："那么接下来流行的慢食呢？"

答："快食慢食，对于所谓的健康，并没有明显的区别，大家的习惯而已。问题是在好不好吃，美式的快餐，不好吃，就不吃了，但也不至于弄成慢食，就好吃。"

问："那么慢煮呢？"

答："我一听到厨师走出来解释，说这块肉用多少度的低温，煮了多少个小时，心中就发毛。新鲜食材新鲜煮新鲜吃，才算新鲜，给他那么一弄，有什么新鲜可言？况且，包在塑料袋内来煮，袋里的化学品分解出毛病的机会大，虽然当今还没有科学引证，也可以想象不是一件好事。"

问："那你自己是怎么保持健康的？"

答："从来不用'保持'这两个字，想吃什么吃什么，油腻的东西吃多了，就喝浓普洱来解。我也不一定是大鱼大肉，在家吃些清粥，送块腐乳，也是一餐。"

问："那体重呢？你的体重是多少？"

答:"七十五公斤,在这二十几年来一直不变。"

问:"怎能不变,容易吗?"

答:"容易,一上磅,发现重了,裤头紧了,就少吃一餐,或者干脆断食一两顿饭,就轻了下来。"

问:"那么我们女人要好好学习了,可是,怎么忍呢,忍不住呀!"

答:"忍不住,就不能怪人。一切都是自作自受。"

问:"所以我们要吃健康餐呀!"

答:"健康不是吃健康餐就行的。"

问:"那么你教教我们怎么做了。"

答:"健康分两种,精神上的和肉体上的。我不知道说过多少遍,倪匡兄也主张:不吃这个怕吃那个,精神上就不健康了。精神不健康,什么毛病都跑出来,轻的变成精神衰弱,重的会得癌症。精神健康影响肉体健康,这不怕吃,那不怕吃,身心愉快,就会产生一种激素,化解食物不均匀的结果。人一快乐,身体就健康,这是必然的。"

问:"就那么简单?"

答:"就那么简单。"

命

咳个不停,找吴维昌医生看,他说顺便照一照心脏吧。

我的血压一向没有问题，但循例检查也好，订了养和医院。

登记后，走进一室，医生替我插一根管进手背上，以备注进些放射性的液体，方便查看 X 光片。不是很痛，忍受得了。

接着就是躺在床上，一个巨大的机器不断地在我四周转动拍摄。上一次检查是四年前，一个大铁筒，整个人送进去，声音大作，轰轰隆隆拍个不停。当今这一副没有声音，医生还开了电视，播放美景和禅味音乐。

愈看愈想睡，给医生叫醒："睡了就会动。"

真奇怪，睡觉怎么动呢？也只有乖乖听话，拼命睁开眼睛。

好歹二十分钟过了，心脏图照完，再到跑步房。

护士认得我，说四年前也做过这种检查，和八袋弟子一齐做的，我还能跑，他就跑不动了。所谓跑，只是慢步而已，最初慢后来加快。身上贴满了电线，心速显示在仪器里。

"你平时做不做运动的？"医生问。

我气喘地回答："守着人生七字真言。"

"什么真言？"

"抽烟喝酒不运动。"我说。

医生和护士笑了出来，他们都很亲切，没有恐怖感，大家像在吃饭时开开玩笑。跑完步，又再照一次，两回比较，才能看出心脏有没有毛病，报告会送到吴医生那里去。

人老了，像机器一样要修，这是老生常谈，道理我也懂得。

问题在有没有好好地用它。仔细照顾，一定娇生惯养，毛病更多;像跑车一般驾驶,又太容易残旧。但两者给我选择,还是选后面的。平稳的人生,一定闷。我受不了闷,是个性,个性是天生的,阻止也没有用,愈早投降愈好。到最后,还是命。

反运动

运动,本来是件好事。不必花钱,在公园做做体操,或街头散步,随心所欲。但是基本的东西往往遭受商业社会破坏,运动已经贵族化了。

你看你身上穿的名牌运动衫,一件多少钱?还有那双像给唐老鸭女友穿的大鞋子,什么空气垫,一双上千,连绑在额上的头箍,都要几百。加起来,是一副身家。

本来免费的运动,一进室内就要收钱。参加健美会,先付一笔钱,分十次用,去了一两次,觉得辛苦,结果不了了之。

室内健身室开在某某大厦的二楼,一大排玻璃橱窗,说是让参加者看外面,其实是要人来看。她们多数是身胖如猪,脸也同形的女人,还自以为是香港小姐,看了呕吐都来不及。

目前已没有真正的明星,像占士甸和玛丽莲·梦露的时代已过,代之的是歌星和运动健将。只要在体坛上一出名,钱财即刻滚滚而来。他们的经理人要钱要得愈来愈多,结果运动明星都成了怪物。

足球场篮球场的建筑,比小学大学还重要,美国的许多都市的运动场，用不到二十五年即拆掉，花大笔钱去建新的，排污系统却是愈用愈旧。

当今的体育已经成为另一类的邪教，信徒盲目崇拜。孩子们不用读书了，家长鼓励他们搞运动。

我从小讨厌运动，常因体育课不及格而要留级、要换学校。

我一向认为身体健康很重要，但是思想健康更不能缺少，沉迷体育，就像沉迷在毒品之中。

还是快快乐乐，想做什么就做什么好。不必勉强自己，守人生七字真言错不了，那就是："抽烟喝酒不运动。"

一刹那

每次回到办公室，总有一沓打印出来的电邮文件，我常用书写方法作答，再请同事在计算机上回复。其中有些问题甚有意思，可选出来让各位分享。

最常问的是酒的度数。大家都以为我是酒鬼，对于酒知识最丰富。其实我也一知半解，不知对不对，也不去考究，道听途说罢了。

到底瓶上写的度数是不是酒精的成分？绝对不是，英美人所称的proof，有人误解为就是酒精的百分比，其实两个proof才是1%酒精，若是八十六proof，则有43%是酒精，相当厉害。

酒精度英文写成alcohol contains或者alcohol volume，那么

瓶上写的有多少百分比，就是多少百分比。

啤酒中的"度"，不是指啤酒含有多少酒精，而是指每升麦芽汁所含糖分，即甜度。

有位作家朋友问："书上签名，多数是'指正''校正'，或者'留念'，有什么其他变化？"

答案是可用古人送字画的字眼，如"雅属""清属""雅玩""清玩""清赏""斧正""削正"。"哂正"和"粲正"也不错，有"见笑了"的意思。我最喜欢的是"某某人一笑"，尤其签在笑话集中。

最有趣的问题，是有人问我在文章中常写的"一刹那"，到底有多久？"瞬间""弹指"和"须臾"，又有多久？

梵典的《僧祇律》记载："一刹那者为一念，二十念为一瞬，二十瞬为一弹指，二十弹指为一罗预，二十罗预为一须臾，一日一夜有三十须臾。"依此类推，一昼夜二十四小时有八万六千四百秒。一"须臾"就是二千八百八十秒。一"弹指"为七点二秒，一"瞬"为零点三六秒，最后的"一刹那"，最准确的计算，应该只有零点零一八秒，真是一刹那。

答复"私信"

新版微博增加了一项叫"私信"的栏目，我已再三地公布，私信只限于我的私人朋友，不是一般公开的，请网友们不要写"私信"给我，直接发到"蔡澜"，或"蔡澜知己会"，我就会看得到。但碍于这两个信箱要经过我的一群"护法"筛选过才转发给我，大多数网友认为"私信"才更直接，便不停地发来。

经"护法"们，是为了要截断一些莫名其妙的"脑残"，一上来就"他妈的"粗口一句，看了是不舒服的，到了我这个年纪，还天天给人问候娘亲，为什么呢？这只是没有办法中的办法呀！

说过算数，"私信"我一定不回，可是，其中有些问答有趣，不如录下：

问："你脸上肤色从小就那么红润，请问小时有没有被人嘲笑过呢？我女儿十二岁，患先天性皮肤病，脸上经常泛红，走到外面被当笑话，日渐自卑，我该怎么教育孩子豁达面对呢？"

答："要让孩子豁达，先得整天和他们开玩笑，懂得幽默，就高人一等，不必和一般人一样见识。要是有人问脸上为什么那么红，就回答说：'我父母请我喝酒造成的。'"

问："你文章中提到一种西班牙药膏对医治体臭很管用，请问是叫什么？"

答："我回答过无数次，但有体臭的人越少越好，还是很乐意重复地回答这个问题。名叫 Byly，包有效。"

问："我姓王，年五十才得子，请代取名字。"

答："王五十。"

问："我是家健康食品公司的老板，最近推出新产品，请你推荐一下。又,有什么名字最能吸引顾客呢?"

答:"叫'不健康食品公司',一定有很多人会注意的。"

问:"你虽然叫人不吃鱼翅,但我在一个节目中,看到'镛记'的老板做了一道鱼翅菜,你又尝了,这是不是叫出尔反尔呢?"

答:"已故的甘健成老板做给我尝试的鱼翅,叫翅包翅,用的是古时候留下的鲨鱼,已有上百年了,我吃的不是鱼翅,是欣赏古董罢了。"

问:"《神雕侠侣》中的小龙女,为什么没有人问她的父母是谁呢?"

答:"《圣经》里的玛利亚,也没有人问她的父母是谁呀。"

问:"什么叫爱情?"

答:"还是问爱情小说专家亦舒吧。她写了四五百本书,都是说爱情。"

问:"我是一家餐厅的老板,比一般餐厅高级十倍,想叫你为餐厅名题字,要多少钱?"

答:"一般的五万块一个字,你是比一般餐厅高级十倍,就收五十万块一字吧。"

问:"我是粉丝代理人,你只要给二十块,就有一万粉丝,二百块就有十万粉丝。"

答:"你卖的粉丝好吃吗?"

问:"我伤害了一个男人,求他原谅,他回头了。第二次我又伤害他,第三次又伤害,你要是这个男人,你会原谅我吗?你会说什么？"

答："你去死吧！"

问："我很爱粤语中的懒音，歌唱时常把nim唱成zim，naah唱成laah，你爱听吗？我唱给你听！"

答："你死懒去吧！"

问："安倍晋三那么坏，为什么还有那么多人支持他？"

答："他有一个宗教团体的政党做后盾，有很多宗教狂热者会投他一票。从前当过首相，但软弱无能而下台，当今重选上，就相反地走强硬路线，其实都是政客的手段。他是一个无耻之徒，真面目很快会被爱和平的老百姓拆穿。"

问："我是餐厅老板，在《饮食男女》中请你写一篇食评要多少钱？"

答："第一，我是在《壹周刊》写食评，并不在《饮食男女》写。第二，从不白吃白喝，一定自己付钱，你的东西只要做得好，我会免费宣传。听你这种口气，不是一个用心做菜的老板，餐厅迟早关门。"

问："我是一个居港的十八岁青年，想当一个艺人，有什么途径？"

答："练好六块腹肌，选亚洲先生去吧。"

问："我喜欢吃东风螺，但又不能吃辣，还有什么做法？"

答："盐焗。"

问："港台《晨光第一线》的曾智华退休了。你还继续为他们在早上做节目吗？"

答："换了何嘉丽主持，她是个老友，当然照做，不过时间换成上午九点十分了。"

问："私信已给你很多次，为什么还是等不到回答？"

答："我已再三讲不答私信的，你还一直问，可见你没有仔细看，我回答了也没有用的。"

视死如归

每写完一篇文章，杂志社排好字，就传送给苏美璐作插图，今天收到她的电邮：

　　读过你写的《关于死亡》，这真有趣，最近我常发白日梦（有点像你在发开妓院的白日梦），想经营一个场所，让大家可以好好死去，和平死去，平平静静地死去。

　　我一直希望可以帮助别人，让他们选择自己的死法。

　　至于我自己，最好是在早上，吃完了我喜欢的煎蛋和烤面包，到外面散散步，回家用钢琴弹几首巴哈音乐，坐在安乐椅上，喝杯茶和吃几块饼干，来些亲爱的朋友，用漂亮的安静的语气聊聊天，最后让我睡觉。我想他们会把我带到天堂，其他的，我才不管那么多。我就是想开那么一个让人安息的地方，我相信这种服务应该存在的。

> 我的先生说，他最好在他钓鳟鱼的湖畔死去。我认
> 为死亡是一种你能盼望的目的，如果你有选择的话。

是的，为什么要怕死呢？

返家，是我们大家都期待的事。

今天，我已七十岁了。谈死亡，是恰当的时候。二十世纪
七十年代，看《二〇〇一年太空漫游》，一再问自己，到底有没有
机会乘火箭到另一星球？或者到了那个时候，我还活不活在世
上？我将会变成一个什么样子？

当今，离二〇〇一，已过了十年。太空旅行没法子实现的了；
人，倒是活了下来。

样子嘛，照照镜子，还见得人，至少上电视做节目，也没人抱
怨。留了胡子，是因为母亲的逝世，二〇一一年的二月二十八日
三周年忌，就可剃掉，到时看来是否会更老，不知道。

目前生活并不算健康，还是那么大鱼大肉。酒倒是喝少了，
遇到好的，还是照饮不误。

还是那么忙碌，飞来飞去，但不觉辛苦。稿件已减少许多，
每星期在日报上只写四篇，周刊写的这篇"壹（一）乐也"，另有
一篇每星期一次的食评和一篇写世界上好酒店的，已占了不少空
暇。也许下来只能再减一点，等到能够把名酒店都聚集成书后，
就停写。

每天睡眠有六个小时，已足够，如果能休息上七个小时，

那算饱满。迎接死亡时期来到，我要逐渐少睡，由六，减到五、四、三。

像弘一法师一样到寺庙圆寂，是做不到了。第一，我怕蚊子。第二，没有空调是受不了的。还是留在家吧，或者到一处美景，召集好友，像《老豆坚过美利坚》（*The Barbarian Invasions*）戏中的主角，一个个向亲友们拥抱告别，最后请一位有毒瘾的美女，带来吗啡，一支支注射进去，在飘飘欲仙之中归去。

上天堂或下地狱，我不相信有这回事，还是没有苏美璐那么幸福，不过和她一样，之后管它那么多干什么！

地点最好是在香港，如果有困难，还是去荷兰吧。那里思想开通，又有一位我深交的医生朋友，他每次来港，我都大肆宴客。荷兰人一向节俭，对东方人的招待大感恩惠，一直问有什么可以为我做的。吗啡对他来讲是易事，医院里一大堆，拿几管送我一点困难也没有。虽然安乐死在荷兰大行其道，但是这位医生受过一点挫折，那是当丁雄泉先生不省人事后，子女把事情归咎在他身上，闹到差点上法庭。问题是他肯不肯再牵涉到我的事件中去。

这也好办，事先由律师在场，先签一张一切与他无关的证明，他就能安心替我做这件事了。

遗嘱早就拟妥，应做的事都安排好，简单得很。

我这生人没有子女，在这个阶段，我也没有后悔过。小时听中国人的所谓"不孝有三，无后为大"的笑话，在我父母生前已解决了。

当年我向老人家说："姐姐两个儿子，哥哥一子一女，弟弟也是，有六个后人，不必再让我操劳吧？"他们听了也点头默许。

人活在世上，亲情最难交代，一有了顾虑是没完没了的，我能侥幸避过这关，应感谢上苍。人各有志，喜欢养儿弄孙的，我没异议，只要不发生在我身上就是。

没有遗憾吗？太多了，不可一一枚举，但想这些干什么？我一直主张人活得愈简单愈好，情感的处理也缩短，简单到像计算机原理的正负计算最妙。不只是身外物，身外感情，也是个高境界，我是能够享受到的。

很高兴在世上得到诸多的好友和老师，今人古人，都是教导我怎么走这段路的恩人。

最要感谢倪匡兄，我向他学习了什么叫看开，他是一位最反对世俗的高人。斩断不必要的情感，尽量做些自己最想做的事，都要归功于他。

但是我毕竟是一个凡人，所以头发愈来愈白，反观倪匡仁兄，满头乌丝，虽然他自嘲不用脑了，所以没有白发，但我知道，是想开了，所以没有白发，所以能够做到视死如归。

借口

"我们有子女的人，生活没有你那么潇洒。"友人常向我这么说。

这是中国人的大毛病。以为一定要照顾下一代一辈子。儿女，在中国人的眼里永远长不大，永远需要照顾。

家庭观念浓厚，很好呀，但是亲情归亲情，自己也要快乐地活下去呀。不会的。中国人一生做牛做马，为的都是儿女。省吃俭用，为他们留下愈多钱愈好，他们不会为自己而活。不但教养下一代，还要孝顺父母。这是中国人的美德，也没什么不好，但是有时所谓的孝顺，变成约束，把老人家也当儿女来管。

我这么一指出，又有许多人要骂我了。你这个礼教的叛徒，数千年的文化，你要来破坏？你不是中国人，更不是人。

哈哈哈哈。中国人，都躲在井里。为什么不去旅行？去旅行时为什么不观察一下别人的人生？

我的欧洲友人，结婚生子，教育成人后就不太理他们，就像他们的父母在他们成年后不理他们一样。

社会风气如此，做儿女的不太依赖父母，养成独立的个性，自己赚钱养活自己。

这时候，做父母的才过回从前的生活，自由自在，不受束缚，也就是所谓的潇洒了。在一般中国人的眼里，这是大逆不道，完全没有家庭观念。但他们自得其乐，不需要中国人的批评。

谁是谁非，都不要紧，重要的是互相尊重对方的生活方式。他们绝对没有错，他们不是不孝，他们也并非自私，他们只知道，做人需要自己的空间和自由。

我们做不到，但是可以参考参考，反省一下。一辈子为子女存钱，是不是自己贪婪的借口？

优柔寡断

《花生漫画》中的查理·布朗，是个个性很优柔寡断的人物。露西经常骂他"wishsy washsy"。再好的英文翻译也没有。

优柔寡断潜在于我们每一个人的身上，任何事都一二三地解决的人，并不多。早上起身吗，再睡一会儿？已是一个很难下决策的问题。

上课吗，或是扮肚子痛？从幼儿园开始，儿童已知道优柔寡断是怎么一回事。

小学时，考试之前通宵死背书，还是去玩更好？

到了初中，同学抽烟，一起抽，还是拒绝他们的好意？

高中已谈恋爱，打电话给女同学，或是等她打来？

出来做事时，炒不炒老板的鱿鱼呢？

老了，病了，死还是不死？

最典型的，一定是莎士比亚笔下的"To be, or not to be"。我们一生最大的苦恼，莫过于太过优柔寡断。

既然我们知道有这个毛病，就要当它是乐趣处理。

先学会做什么事，错了也不后悔，自己的决定嘛。慢慢地，我们的优柔寡断行为就会减少，自信心越强，决策越快。

可是，到了星期天，我们就要享受优柔寡断了。出门还是不出门，想了老半天，还是在家好一点。

肚子饿了，吃不吃东西？到餐厅或是自己烧菜？

写稿还是不写稿？看不看电视呢？偷不偷情？读不读书？

结果什么事都没做，躺在沙发中，问自己说："睡不睡觉？"

哈哈哈，优柔寡断，真好玩。

活着

"你做那么多事，一定从早忙到晚！"认识我的人那么说。

也不一定，我有空闲的时候，有时一天什么事都不做。慢慢梳洗、阅报、看小说，饿了煮个公仔面吃吃，逍遥。

香港人忙来干什么？忙来把时间储蓄，灵活运用，赠送给远方来访的友人。返港后，刚好遇到好友过路，我陪他一整天。反正现在有手提电话，急事交代几句，轻松得很，没什么压力。

通常都会起得迟一点，可惜这条劳碌命不让我这么做，五点多六点就起，到阳台看看。今天又长了多少朵白兰花！

散步到菜市场，遇相熟友人，上三楼去吃牛腩捞之前，先斩些叉烧肉，吃不完打包回家，中午炒饭，又派上用场。

应该做的零星事不少，像把眼镜框修理好，手表的弹簧带断了，快去换一条新的。头发是否要剪？脚指甲到时候修了吧？

趁今天多写点稿！这么一想，所谓的悠闲日便完全破坏，心算一下，这份报纸还有多少篇未发表，那本周刊有几多存货。可免则免，宁愿其他日子挨通宵，也不想在今天做。

是替家父上上香的时候了，将小佛坛的灰尘打扫干净，合十又合十。

是打个电话去慰问家母的时候了：啊！啊！没事吗？没事最好！燕窝吃完了吗？下次带去。今天是赶不及探访了。

篆刻书法荒废已久，再练一练吧？把纸墨拿出来时，改变主意，还是继续画领带好。一条又一条，十几条之中，满意的只有一二，也足够了，明天上班结上。

"你还要上班吗？"友人问。

不上班，怎么知道礼拜天可贵？不偶尔偷懒一下，活着干什么？

人类洁癖

越来越觉得自己患了洁癖。

不干净的东西我不怕，却一直想躲开不喜欢的人，这种洁癖，也许是对人类的洁癖吧。

首先，我很讨厌人家一面讲话一面拍我。美女我不反对，对方是个男的，我一定逃之夭夭，那种被拍手拍脚的感觉，是极不舒服的。

我也怕那些把一件事讲两次的人，笑话也要重复，有的还要将同个故事说三次，非这般，对方听不懂似的。

声线有如鸟类尖锐，或像抽了大烟那么沙哑，也极难听。有的人不讲话，也惹人反感，像不停地吸鼻涕。真想递包面纸给对方，让他一次喷出，好过嘶啐嗦，稀里哗啦。

不断地咳嗽，我倒不在乎，感冒嘛，自己也常患这种毛病。生鼻窦炎的，哼哼哈哈，我也能原谅，这是他们控制不了的，听起来不那么刺耳。

惹人反感的是坏习惯：当众弹指甲、挖鼻、抖腿的行为。本来可以更正的，为什么不去努力，一定要让对方忍耐这种丑态？

一直觉得人与人之间，应该有一份互相的尊敬。不管是长辈、同年或对年轻人与小孩，比我有钱或贫穷，知识高与低，都有这份尊敬存在。也许，这就是基本的礼貌吧。

不懂得礼貌的人，和一块肮脏的纸巾一样，一接触，便怕要得传染病，得拼命去洗手。

遇到非亲非故的家伙，前来称兄道弟，或连姓带名地呼喝，我就得避开。有时跑不了，唯有面对，用不视来消毒。

方法是不管他们问你什么，说什么，都微笑不答，直望对方，望穿他们的脸，望穿他们的后脑，望到他们背后的墙壁。

别轻视这一招，用起来，甚致命。对方给你看得心中发毛，夹尾巴垂下头去。洗涤污染，目的达到，一切恢复干净。

爱情和婚姻

很多年轻人问我："爱情是怎么一回事儿？"

我自己不懂，只有借用哲学家柏拉图的答案了。

有一天，柏拉图问他的老师："爱情是什么？怎么找得到？"

老师回答："前面有一片很大的麦田，你向前走，不能走回头，而且你只能摘一棵，要是你找到最金黄的麦穗，你就会找到爱情了。"

柏拉图向前走，走了不久，折回头来，两手空空，什么也摘不到。

老师问他："你为什么摘不到？"

柏拉图说："因为只能摘一次，又不能折回头。最金黄的麦穗倒是找到了，但是不知道前面有没有更好的，所以没摘。再往前走，看到的那些麦穗都没有上一棵那么好，结果什么都摘不到。"

老师说："这就是爱情了。"

又有一天，柏拉图问他的老师："婚姻是什么？怎么能找到？"

老师回答："前面有一个很茂盛的森林，你向前走，不能走回头路。你只能砍一棵树，如果你发现最高最大的树，你就知道什么是婚姻了。"

柏拉图向前走，走了不久，就砍了一棵树回来了。这棵树并不茂盛,也不高大,是一棵普普通通的树。

"你怎么只找到这么一棵普普通通的树呢？"老师问他。

柏拉图回答:"有了上一次的经验。我走进森林走到一半,还是两手空空。这时,我看到了这棵树,觉得不是太差嘛,就把它砍了带回来,免得错过。"

老师回答:"这就是婚姻。"

武器

陪一个女人去买房子。前来介绍的女经纪,身体肥胖,她气喘吁吁地爬上那小山坡,满脸笑容。看完了一间又一间,我朋友都不满意,最后来到嘉多利山的布力加径,有间楼顶很高的,价钱又便宜,逗留得久一点。

我这个朋友是个名副其实的八婆,常损人不利己,酸溜溜讲对方几句,看见那女经纪又气喘如牛的怪样子,她单刀直入地问道:"你有没有一百四十八磅[1]？"

"哇,请你不要乱讲,我现在哪有一百四十磅？"女经纪呱呱大叫一轮后说,"我二十岁那年已经一百四十了。出来做事,爱吃东西,一年胖一磅,现在一百六十了。"

连那个绷脸的八婆也给她惹得笑个不停。幽默真是一件大武器,绝对比那两个打破头的男经纪强得多。

---

[1] 1磅约等于0.454千克。

我出外景时选工作人员，如果对方能讲一两个笑话，绝对先和他签约，因为我知道一去就是几个月，好笑的人比不好笑的容易相处。

有幽默感的人，做事的成功机会总比别人多，得到的朋友也更多。别以为讲笑话就是轻浮，连做总统也得讲一两个笑话来缓冲紧张的局面，里根和克林顿都使此招。

"你为什么出来做这一行？"八婆又问。

女经纪回答："要养孩子呀，我和我先生离了婚。"

"为什么要离婚？"八婆又不客气地问。

"不能沟通呀，"女经纪说，"他连和哪一个女朋友约会都不肯告诉我。"我们又笑了。

八婆心情好，房子又看得满意，最后她说："我想和先生商量一下。"

"商量一下也好，"女经纪说，"不过不是每一件事都要老公决定的。我减肥，就从来没有得到过他的同意。"

八婆又笑了，交易即成。

奴才

社会上，常看到大老板一出现，身边一群手下围住，毕恭毕敬，老板一说什么，即刻赔笑。这种人，看不起他们吗？揾食（谋生）罢了，无可厚非。但始终是一种不愉快的现象。

人总是喜欢听好话的，有了权力，周围的人都要顺他。从前微小的时候藐视这些小人，一旦自己有了地位，就要人服侍了。

但已经不是帝王时代了，说错话老祖宗也不会抓你去砍头，东家不打打西家，为一份职业，也没有做奴才的必要。

对上司，当对方是一个长辈，听他们的教导，没有什么错处。绝对不可以打躬作揖，他们一知道你是可欺负的，就来蹂躏你。

年轻人都是由低层做起，大家都有过老板，用什么态度呢？不卑不亢，最为正确。对方知道你有点个性，也会较为重用你，因为你这种人才有主张。可惜懂得欣赏有主张雇员的老板少之又少，多数是他们说什么，你赞同就是，一直提反对意见，迟早有难。

把自己的看法写成备忘录是一个绝招，很少人肯这么做。如果能做到，事后总可以说我已经觉察，你不听而已。如果备忘录上写的东西证明是错的，那么勇敢承认老板更有眼光，对方也会欣赏。

做人总得拥有一点点的自尊，为了一份工而连它也放弃，一生只是小人一个。从前工作的机构中也有过这么一个小人，他附庸风雅，要我写几个字给他，我笔一挥，写出"不作奴"三个字，这厮当堂脸青。还是我老妈子最狠，她靠自己实力由教师当成校长，绝不低头，遇到我服务过的老板，向他说："我儿子是人才，不是奴才！"好在对方明理，听了笑笑算数，换个别的老板，早就把我饭碗打破。

人是食物变出来的吗？

首先，必须声明，此篇东西，只是道听途说，毫无科学根据，只是游戏文章，不可当真。

靠多年来的观察，我得到的结论是：吃米的民族，比吃麦的矮小。

君不见南方人矮，北方人高吗？前者吃米，后者吃麦。西方人比东方人高大，他们吃面包，我们吃米饭。

山东人移民到韩国去，所以韩国女人也比香港女人高大，亚洲人之中，算韩国女人的身材最美。

从前的日本人非常矮小，第二次世界大战后学校补给的食物有了面包，所以高大了起来，近年来的年轻人更少吃米饭，才出现了魁梧的男女。

我们的子女，送到外国去念书，或移民到美国、加拿大，不也是一个个像篮球健将和时装模特儿吗？反观他们的父母，不也都是很矮？

印度尼西亚家政助理，高大的并不多，她们也是以米饭当主食的呀。菲律宾的，掺杂了面食，才没那么矮。

当然这一切并没有科学依据，那需要临床实验，那需要庞大的资金，谁有那么多工夫统计。连在白老鼠身上的实验都不肯做，唯有靠观察而已。

运动也有关系，但这只是个别例子。像我的父母兄弟和姐姐都不是生得很高，我因为看了埃丝特·威廉斯的游泳电影，爱上她，给家人笑说我这么矮，怎娶得她做老婆，所以在发育时期每天跳，看到门框就跳，跳到一天终于摸到。十三岁的那年，我长高一英尺，平均一个月高一英寸[1]。

生活习惯也会改变身形。日本女子已经不坐榻榻米，小腿也没四十年前那么粗了，而且样子愈来愈美。这倒是和食物无关了，不知为什么，也许是和韩国人混了种吧？韩国美人多。

吃的东西粗不粗糙，则可能大有关系。欧洲人之中，法国女子特别娇小，那是这个民族懂得吃；其他的都高头大马，因为吃的没有法国人那么精致。

尤其是美国女子，愈来愈高，愈来愈肥，都是汉堡包、炸鸡腿造成的。垃圾食物能令人高大，是主要原因，虽然连锁店东西我们当是便宜，但是太穷的国家还是吃不起，所以不会再长高，印度人就是个例子。

中国人说以形补形，外国人说你吃些什么，就像些什么。他们的女人每天喝牛奶，所以长得像奶牛。

反观不喝牛奶的中国女子，尤其是南方的，平胸居多，香港女人更不喜欢喝牛奶，她们唯有用穿衣服来遮盖，如果有人肯统计，或她们让你统计，就会发现，"飞机场"女子，占大多数。

---

[1] 1英寸等于2.54厘米。

　　并非所有东方雌性皆如此，如果你去了越南旅游就知道。路经女子小学中学，一群女生涌了出来，涌的不只是人，而且是胸部。

　　不知道什么原因，越南女人的身材会比邻国的好。归根结底，还是食物吧？越南人最喜欢吃什么？牛肉河粉也。或者牛肉之中含有大量的雌激素而导致乳房胀大，也说不定吧。

　　越南又有一种水果，叫乳房果，样子像，要经过揉捏更是美味。是不是从小吃这种东西之故？如果有跨国药厂肯花大本钱来研究，不只赚个满钵，还能得到诺贝尔医学奖呢。到时整容医生，都得收档。隆胸，吃几颗药丸，即见效，世界有多美好！我可以幻想到那时的广告，出现一个像"人人搬屋"的老头，跷着拇指："要大奶奶吗？找药厂！"

　　虽没有科学依据，但也不是胡说。记得小时，一个日本军医，爱好文学，常到家里来与我父亲交谈。父亲曾经与诗人佐藤春夫及作家谷崎润一郎通过书信，更令那军医敬佩不已。这军医一生研究皮肤组织，来到南洋，发现女子都爱白，研究出一种药丸来。

　　没人给他做实验，见我这个小孩，就把药包上糖衣给我吃。小时并没有瑞士糖，见到就嚼，外层甜甜的，里面有点怪味。

　　说也奇怪，我一生再怎么日晒，从来没有黑过，最多红了，脱皮而已。当年要是能大量制作，也是造福南洋女子的事呀！可惜这个军医回到日本，已下落不明。

至于药物能够使人高大，倒没有什么可能了，还是靠吃面包吧。高者，比矮小的人更有自信，为了你儿子的前途，别给他们吃那么多米饭，面包为佳。如果要你女儿参加"香港小姐"，那么每天催促她们喝牛奶吧。

但是到了最后，精神食粮还是最重要。一个健美先生和一个什么小姐，要是智商发育不了，又有什么用呢？

从小教他们懂得孝道和礼貌，多学习多看书，守时和守诺言，长大了，虽是矮子和平胸，也是一个可爱的人物呀。这一点，与食物无关。

茶道

台湾人发明出所谓的"中国茶道"来，最令人讨厌了。

茶壶、茶杯之外，还来一个"闻杯"。把茶倒在里面，一定要强迫你来闻一闻。你闻，我闻，阿猫阿狗闻。闻的时候禁不住喷几口气。那个闻杯有多少细菌，有多脏，你知道不知道？

现在，连内地也把这一套学去，到处看到茶馆中有少女表演。固定的手势还不算，口中念念有词，说来说去都是一泡什么什么、二泡什么什么、三泡什么什么的陈腔烂语。好好一个女子，变成俗不可耐的丫头。

茶道哪来？中国台湾被日本统治了五十年，日本人有些什么，中国台湾就想要有些什么。萝卜头有日本茶道，台湾就要有中国茶道。把不必要的动作硬加在一起，就是中国茶道了，笑掉大牙。

真正的中国茶道，就是日本那一套。他们完全将陆羽的《茶经》搬了过去。我们嫌烦，将它简化，日本人还是保留罢了。现在台湾人又从日本人那儿学回来。唉，羞死人也。

如果要有茶道，也只止于潮州人的工夫茶。别以为有什么繁节，其实只是把茶的味道完全泡出来的基本功罢了。

一些喝茶喝得走火入魔的人，用一个钟计算茶叶应该泡多少分多少秒，这也都是违反了喝茶的精神。

什么是喝茶的精神？何谓茶道？答案很清楚，舒服就是。

茶应该是轻轻松松之下请客或自用的。你习惯了怎么泡，就怎么泡，怎么喝，就怎么喝，管他三七二十一。纯朴自然，一个"真"字就跑出来了。

真情流露，就有禅味。有禅味，道即生。喝茶，就是这么简单。简单，就是道。